ROSKAUER STR.
HIER
WOHNT
U-BAHN
OXHAGENER STR.
BOXHAGENER PLATZ
JUICY LUCY
GABRIEL-MAX-STR.
MARITER STRASSE
U
HIER WOHNT JOSI
WEBER STR.
KROSSENER STR.
LADEN
JESSNERSTR.
WESER STR.
ALER STR.
RAW-GELÄNDE
PEPA'S
BERLIN

OETINGER
34

Für Lotte

ARIANE SCHWÖRER

SPECIAL GUEST: BRITTA SABBAG ALS WOLKE

YOUR STYLE

JUBEL FÜR DAS GOAL GIRL

PEPA

MIT BILDERN VON JOANNA HEGEMANN

OETINGER 34

Dieses Buchprojekt ist auf Oetinger34.de im Team entstanden.
Autorin: Ariane Schwörer
Umschlagillustration und Innenillustrationen: Joanna Hegemann
Patin: Britta Sabbag

MIX
Papier aus verantwortungsvollen Quellen
FSC® C002795

Poppenbütteler Chaussee 53, 22 397 Hamburg
Oetinger34, ein Imprint der Verlag Friedrich Oetinger GmbH

Text von Ariane Schwörer
Blogeinträge von Britta Sabbag
Songtexte von Kathrin Lena Orso mit Ausnahme
von »Wieder, wieder« auf Seite 42
Psychotests von Kathrin Lena Orso unter Mitwirkung von Ariane Schwörer
Umschlaggestaltung von Meike Hamann unter Verwendung von
Illustrationen von Lisa Brenner, Natalie Dombois und Joanna Hegemann
Gestaltung des »Wolke«-Blogs von Joanna Hegemann
nach einer Idee von Lisa Brenner
Satz: fuxbux, Berlin
Druck und Bindung: Livonia Print SIA,
Ventspils iela 50, LV-1002, Riga, Lettland
Printed 2017
ISBN 978-3-95882-044-9

www.oetinger34.de

KAPITEL 1

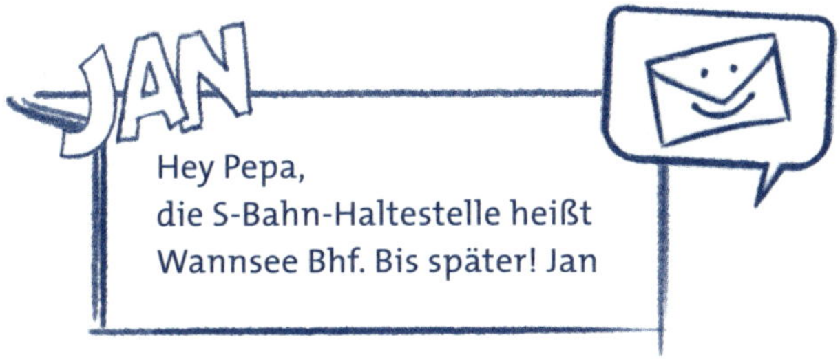

»Bist du aufgeregt?«, fragte Romy, als ich mich im Klassenraum neben sie auf meinen Platz setzte.

»Weiß nicht«, antwortete ich.

»Komm schon«, sagte Romy und kitzelte mich in die Seite. »Das glaube ich dir nicht.«

Ich musste lachen. »Vielleicht ein bisschen«, gab ich zu. Heute Morgen beim Frühstück hatte ich jedenfalls vergessen, mir Nutella auf die Scheibe Toast zu schmieren, und sie einfach so gegessen. Wahrscheinlich war ich wirklich nervös.

»Was willst du denn anziehen?«, bohrte Romy weiter.

»Wieso?«, fragte ich.

Romy sah mich überrascht an. »Sag jetzt nicht, du willst das anbehalten?« Sie rückte ein Stück von mir ab und musterte mich.

»Wieso?!«, wiederholte ich.

»Willst du etwa *dieses Ding* heute zum Date mit Jan anziehen?« Dabei deutete sie mit wackelndem Zeigefinger auf mein Lieblingssweatshirt.

Das waren nicht gerade die aufmunternden Worte, die ich so dringend gebraucht hätte. Schließlich war ich zum ersten Mal mit einem Jungen verabredet.

»Was ist denn so schlimm daran?! Außerdem«, fuhr ich fort, »zum Umziehen ist es zu spät. Ich muss gleich nach der Schule los. Jan und ich treffen uns um drei am Wannsee.«

»Aber das Sweatshirt hattest du doch schon gestern an, oder?!«

»Wahre Liebe ist noch an keinem Sweatshirt gescheitert«, sagte Greta und setzte sich zu uns.

»Wieso wahre Liebe?!«, fragten Romy und ich wie aus einem Mund.

»Wieso, wieso, wieso?«, sagte Greta. »Vielleicht macht's ja heute krach, boom, bäng, und in zehn Jahren habt ihr einen Sack voll Kinder. Wahre Liebe halt! Kapiert?«

»Ach so, ja«, murmelte ich. So weit hatte ich noch gar nicht gedacht. Bei meinem ersten Date hatte ich vor allem im Kopf, meine Wette, die ich mit Romy am Laufen hatte, zu gewinnen.

Josi, die das Ganze verfolgt hatte, sah Romy und mich interessiert an, dabei wackelten ihre langen Fransenohrringe hin und her – wie kleine Besen, die ihre Schultern fegten. Einige Haarsträhnen waren an den Seiten zu kleinen Zöpfen geflochten, die am Hinterkopf in einer Art Zopfwasserfall mündeten. Eigentlich ganz hübsch. Doch allein die Frisur musste Stunden gedauert haben heute Morgen! Keine Frage – Romy und Josi spielten in Sachen Styling definitiv in einer anderen Liga als ich.

Josi war vor Kurzem hergezogen und neu in unserer Klasse. In ihr hatte Romy jemanden gefunden, mit dem sie stundenlang über Klamotten reden konnte. Damit hatte ich noch nie dienen können.

»Tauscht doch einfach«, schlug Josi vor.

Also, das war wirklich absurd! Romy fand das anscheinend auch, denn wir sahen uns fassungslos an. Schnell checkte ich Romys Outfit. Sie trug zu ihrer Jeans ein helles Shirt mit schwarzen Punkten – viel zu dünn, denn draußen war es noch voll kalt! Mein Sweatshirt dagegen war warm und kuschelig und hatte eine dicke, gemütliche Kapuze. Es war schon Raffas Lieblingspulli gewesen. Deswegen war der Nike-Druck ausgeblichen, und die Ärmel waren etwas ausgefranst, doch das fand ich gerade cool. Romys Blick nach zu urteilen, sah der Pulli allerdings aus, als wäre er ansteckend.

Greta lachte. »Hey, Leute!«, sagte sie. »Josi hat recht. Ihr habt doch beide die gleiche Größe, oder?« Und als wir darauf nicht antworteten: »Ist doch nur für ein paar Stunden! Da braucht man nicht gleich so ein Drama draus zu machen.«

»Das musst gerade du sagen!«, motzte ich. »Stell dir vor, du müsstest plötzlich mit Josi Oberteile tauschen!«

Gretas Lächeln wich einem herausfordernden Gesichtsausdruck.

Mist! Das war mir nur so rausgerutscht. Jetzt hatte ich Josi beleidigt. Oder Greta. Oder beide.

Josi trug eine bunte Häkelweste – und Greta trug meistens Schwarz oder Grau. Heute in der Variante schwarzes Longsleeve mit kleinen Knötchen vom Waschen. Eigentlich hatte ich nur sagen wollen, dass sich doch jeder in seinen eigenen Sachen am wohlsten fühlt.

Schnell, bevor hier irgendjemand auf noch schlimmere Ideen kommen würde, sagte ich: »Okay, ich mach's.«

Lieber fror ich mir den Arsch ab, als wie ein Pudel in Häkelstrick rumzulaufen.

»Aber das geht nicht!«, beschwerte sich Romy.

»Das geht sogar super«, meinte Greta.

»Nein, danke. Dann bleibe ich lieber nackt!« Theatralisch warf Romy ihre Haare nach hinten.

»Darüber würden sich hier sicher einige freuen«, sagte Greta nur.

Doch Romy ließ mich nie im Stich. Also nahm sie in der nächsten Pause auf der Schultoilette meinen Pulli, zog ihn widerwillig an und reichte mir ihr Punkteshirt. Greta und Josi warteten vor der Tür auf uns.

»Pepa!«, entfuhr es Greta. »Dieses Punkteteil ist echt der Hammer bei dir!« Sie pfiff anzüglich und formte mit ihren Händen meine nicht vorhandenen Kurven nach.

»Finde ich auch!«, stimmte Josi zu und streckte beide Daumen nach oben. »Wird bestimmt super heute mit Jan.«

Greta trat einen Schritt auf mich zu. »Und Pepa, denk dran!«, sagte sie eindringlich. »Wenn du nervös wirst, halt einfach die Klappe! Lass *ihn* reden, okay?« Sie ließ den Mund zuschnappen und deutete mit beiden Zeigefingern darauf.

Ich nickte. »Okay.«

Romy zerrte unwillig ihre Jacke über mein Sweatshirt und behielt sie auch in Deutsch noch an. Dabei hing sie an den Lippen von Frau Witko-Bock. Wer sie nicht kannte, hätte meinen können, für sie gebe es nichts Spannenderes als Charakterisierungen im Roman.

Es war erst Ende April, und obwohl die Sonne schien, war es noch ziemlich kalt. Der Wind fegte über den Wannsee direkt durch mein Punkteshirt, denn ich trug keine Jacke. Heute Morgen hatte ich schließlich noch gedacht, mein Sweatshirt sei warm genug – auch für draußen. Nun steckte ich meine Hände in die Hosentaschen, um wenigstens *die* warm zu halten.

Jan und ich gingen eine Weile schweigend nebeneinander, bis er stehen blieb und lange die Baumkronen rund um den See betrachtete. Ich folgte seinem Blick und sah mir die Bäume genauer an. Die frischen grünen Blätter flatterten im Wind.

Eine Joggerin kam vorbei. Vielleicht dachte sie, dass wir gerade an einem Referat über Bäume arbeiteten. Sicher hielt sie uns nicht für zwei beim ersten Date. Das hätte ich auch nicht getan. Da stellte man sich eher Verliebte vor, die kichern, lachen oder sich wenigstens an den Händen halten. Doch Jan starrte nur aufs Wasser, und ich überlegte die ganze Zeit, was ich sagen sollte.

Dabei hatte ich mit Romy gewettet, dass ich das schaffen würde: ein richtiges Date mit einem Jungen. Ihr Cousin Jan war in Romys Augen genau der Richtige für mich. »Der ist total sportlich und würde wirklich gut zu dir passen«, hatte sie gesagt.

Jan und ich hatten uns schon einmal bei unserem Schulfest getroffen. Dabei hatte ich sicher nicht den besten Eindruck hinterlassen. Nachdem Romy uns einander vorgestellt hatte, waren sie und Greta abgezischt. Eine Weile hatte ich nur schweigend neben Jan dumm rumgestanden. Ich hatte einfach nicht gewusst, was ich sagen sollte, und war erleichtert gewesen, als die Musik lauter wurde. Jan hatte mir etwas zu trinken geholt. Dann hatte ich ab und zu an meiner Cola genippt und angestrengt die Tanzfläche fixiert. Romy und Greta dagegen hatten getanzt, später sogar gekreischt.

Worüber sollte man auch mit einem Fremden sprechen? Wenn ich aufgeregt war, konnte ich ja noch nicht einmal mit Nichtfremden reden. Zum Glück hatten sich wenigstens Romy, Greta und Josi ab und zu mit Jan unterhalten.

Das war es dann wohl mit Jan, hatte ich danach gedacht. Der wollte bestimmt lieber eine Stimmungskanone.

Für mich grenzte es daher an ein Wunder, dass er sich noch einmal mit mir treffen wollte. Romy hatte gesagt, dieses Mal müsse ich mir schon ein bisschen mehr Mühe geben, sonst hätte ich die Wette verloren. Das Treffen beim Schulfest ließ sie jedenfalls nicht als erstes Date durchgehen. Ich müsse ja nicht gleich mit Jan rummachen, aber wenigstens Händchen halten. Mittlerweile war mir der Triple-Schoko-Shake bei *Juicy Lucy*, um den wir gewettet hatten, so was von wumpe. Aber ich verlor nicht gern.

Immerhin erkannten Jan und ich uns gleich, als er mich von der S-Bahn abholte. Dieses Mal trug er ein Poloshirt mit Krokodil und eine

Segeljacke mit ganz vielen Funktionen – und wie schon beim Schulfest wippte er auf den Füßen hin und her, bevor er mir die Hand schüttelte. Ich kam mir uralt vor.

»Drei Windstärken heute! Mindestens!«, sagte Jan und nickte mit vorgeschobener Unterlippe.

Ich dachte an Romy und dass sie wahrscheinlich die Wette gewonnen hatte, wenn wir hier nur weiter über das Wetter quatschen würden. So schnell wie möglich wollte ich das Ganze hinter mich bringen. Denn dass Jan wie alle anderen Jungs kein großes Interesse an mir hatte, war ziemlich wahrscheinlich. Sicher machte er nur seiner Cousine zuliebe mit. Das sollte mir nur recht sein, denn ich hatte lieber keinen Freund als einen mit vorgeschobener Unterlippe. Aber meine Wette mit Romy wollte ich trotzdem nicht verlieren! Also: Augen zu und durch! Ich zog die Hände aus den Hosentaschen, und als Jan das nächste Mal in die Ferne starrte, nutzte ich die Gelegenheit und nahm einfach seine Hand. Im Gegensatz zu meiner war sie schön warm und trocken!

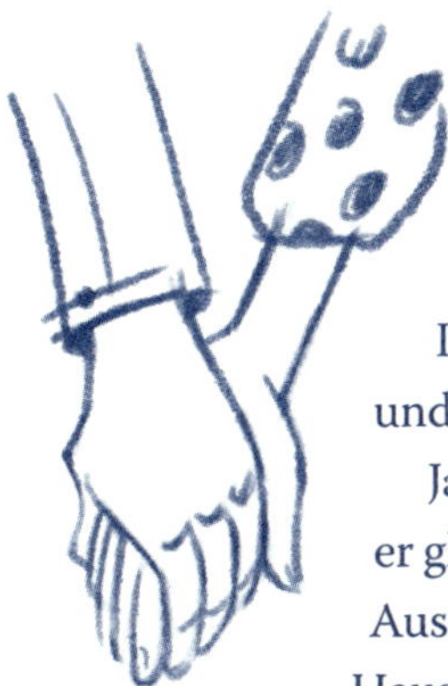

Jan zuckte nur kurz. Ich dachte, so, jetzt zieht er gleich seine Hand zurück und sucht nach einer Ausrede, um zu verschwinden. Ich könnte nach Hause fahren – Wette gewonnen. Denn schließlich hatte ich ja ein Date gehabt, wenn auch nur ein kurzes, windiges. Doch stattdessen lächelte Jan mich einfach nur an. So gingen wir Hand in Hand den Wannsee entlang. Nachher bei unserem neuen Tanzkurs würde ich Romy genau erzählen, wie gut das heute geklappt hatte! Jetzt wartete ich nur noch auf die Ausrede von Jan, vielleicht irgendetwas mit Segeln oder Bauchschmerzen oder ein Origami-Kurs, den er ganz vergessen hatte. Mal gucken. Aber es kam nichts! Wir liefen einfach weiter, Hand in Hand.

Jans Griff war lasch. Unsere Hände schlackerten herum, ähnlich wie die Blätter im Wind, nur labberiger. Seine Schritte waren länger als meine, deswegen versuchte ich, mich anzupassen.

Nach einer Weile bekam ich das hin, musste mich aber voll konzentrieren, um nicht aus dem Rhythmus zu kommen. Plötzlich blieb Jan ruckartig stehen und deutete in Richtung See. »Das gibt's doch nicht! Hast du das gesehen?«, fragte er. »Der hat ihm ganz klar die Vorfahrt genommen!«

Ich suchte das gegenüberliegende Ufer ab. Kein Auto zu sehen.

»Echt?«, fragte ich und wunderte mich ein bisschen über ihn. Romy nahm es nicht so genau mit der Vorfahrt, wenn wir Fahrrad fuhren. Das lag also nicht in der Familie.

»Aber so was von! Hier, der mit dem grünen Baum da.« Jan zeigte auf eine Gruppe Segelboote weiter hinten auf dem See. »Okay, der hat einen Opti, das ist ein Anfänger«, fuhr er fort. »Aber selbst Anfänger müssen die Regeln können, oder?«

Jan meinte die Boote! Damit kannte ich mich echt nicht aus. Zum Glück schien er auch nicht wirklich auf eine Antwort zu warten, und so gingen wir schweigend weiter. Unsere Schritte passten immer noch nicht richtig zusammen.

Und während ich sagte: »Also, ich find Regeln voll gut«, glich

ich schnell mit einem kleinen Hüpfschritt aus. Dabei geriet ich ins Trudeln, krallte mich an Jans Hand fest, stolperte, und meine Knie knickten ein. Ich fiel, bekam meine andere Hand nicht schnell genug aus der Tasche, um den Sturz abzufangen, und riss deshalb meine linke Hand mit Jan daran hinunter. Wir landeten beide bäuchlings auf dem Boden.

Spätestens da war mir klar: Hier lief etwas falsch. Mein Vater sagte immer, jeder kann irgendetwas, nur nicht alle das Gleiche. Romy konnte das mit den Jungs, ich konnte dafür bestimmt etwas anderes. Es fühlte sich einfach nicht gut an, wie ich da so lag, mit der Backe auf dem Boden.

Irgendwann traute ich mich, die Augen zu öffnen, und setzte mich schließlich auf. Eine Hand von mir war aufgeschürft. Was sollte ich denn jetzt sagen? Tut mir leid, ich kann keinen Gleichschritt und nicht An-der-Hand-Gehen? Ich bin und bleibe ein Volltrottel? Wie auch immer, du solltest schnell wegsegeln. Tschüss, adiós, sail lieber away.

»Entschuldigung«, sagte ich.

»Geht's dir gut?« Jan hockte vor mir und deutete auf meine Hand.

»Ja«, sagte ich. »Und dir?«

»Bei mir ist alles klar. Hab mich bloß ein bisschen erschreckt.«

Jan schien unseren Sturz recht locker zu nehmen. Er stand auf und streckte mir seine Hand entgegen.

»Was ist denn passiert? Wieso lässt du dich auf den Boden fallen?«, fragte er.

Ich ließ mich von Jan hochziehen, presste die Lippen aufeinander und zuckte mit den Schultern. »Weiß auch nicht«, sagte ich schließlich. »War bestimmt eine Böe. Wie viele Windstärken sind es?«

Jan guckte erst mich lange an, dann in die Baumkronen. »Drei oder vier.«

»Ja, dann lass uns mal weitergehen, bevor es noch schlimmer wird, oder?«, schlug ich vor.

Jans Mund stand offen. »Bist du auch auf den Kopf gefallen? Wir können uns gern mal hinsetzen.« Er deutete mit dem Kinn auf eine freie Bank.

Schnell versuchte ich, Vor- und Nachteile abzuwägen. Sitzen und Boote angucken war ziemlich langweilig. Aber alles war besser, als noch einmal hinzufallen.

»Nein zu dem Kopf. Okay zu dem Sitzen«, sagte ich.

Während wir dasaßen und uns wieder an den Händen hielten, starrte Jan auf den See. Ein Haufen kleiner Segelboote schwamm ziemlich dicht beieinander.

»Also, wenn die Wende noch nicht mal klappt, würde ich keine Halse probieren.« Jan schüttelte den Kopf.

Ich holte tief Luft. Die ganze Segelei interessierte mich gar nicht. Bisher hatte ich immer gedacht, dass das erste Date wie

im Flug vergehen würde. Dass das Herz voll rauschen, man sich irgendwie elektrisch fühlen und darüber ganz die Zeit vergessen würde. Das hier war das Gegenteil.

Plötzlich rief Jan: »Du musst doch die Pinne nach vorn schieben!« Er atmete verärgert aus. Etwas entspannter sagte er zu mir: »Nächstes Wochenende haben wir schon 'ne kleine Regatta bei uns. Ich hab dann den Laser, und den bin ich noch nicht oft gefahren. Na ja, mal gucken, wie es läuft.«

»Voll gut«, sagte ich, auch wenn ich nichts verstanden hatte.

»Du bist echt süß, Pepa. Ich hab das Gefühl, du gehörst auch auf's Wasser, oder?« Jan strahlte mich an.

Ich nickte, um Zeit zu gewinnen. Doch wohin gehörte ich eigentlich? Während ich mir darüber Gedanken machte, merkte

ich, dass Jan auf der Bank zu mir rüberrutschte. Er lächelte und kam mit dem Kopf auf mich zu. Dabei sah er mir erst in die Augen, dann auf den Mund. Seine Augen wurden schmaler. Er kam noch näher.

Oh Gott! Bitte keine Küsse! Ich musste ihn ablenken!

»Genau, du sagst es!«, entfuhr es mir, vielleicht etwas zu laut.

Jan hielt inne und sah mich an.

»Ich gehör aufs Wasser wie … wie … ein Boot«, sagte ich. »Manchmal wache ich sogar morgens auf und fühl mich wie ein Boot! Kennst du das?«

Jan schüttelte erstaunt den Kopf.

»Manchmal wünschte ich mir, ich wäre ein schönes weißes Segelboot«, erklärte ich und begann, mich leicht hin und her zu wiegen.

Jan rückte ein Stück von mir ab.

»Richtig mit Segel, Lasern und so!«, fuhr ich fort. »Dann könnte ich übers Wasser zischen, weiß und blass. Mit ganz viel Schaum vorm Mund! Zischschschsch!«

Oh Mann …! Greta hatte recht. Ich hätte wirklich lieber die Klappe halten sollen! Aber irgendwie musste ich Jan ja davon abhalten, mich zu küssen.

Endlich wandte Jan den Kopf ab.

Eine Weile sprach keiner ein Wort.

Hätte Jan jetzt gesagt: »Pepa, das war's mit uns«, dann wäre ich irgendwie erleichtert gewesen. Stattdessen aber fing er an, mir die Segelbegriffe zu erklären. Sein Mund blieb zum Glück auf Abstand. Und während er von Trimmungen und Krängungen sprach, hoffte ich, dass die Zeit bald vorbei wäre.

Was führte Jan überhaupt im Schilde? Langsam zweifelte ich daran, dass er das hier alles nur seiner Cousine zuliebe veranstaltete. Vielleicht hatte er ja genauso eine Wette laufen wie ich – bloß *mit* Küssen!

Jan wollte ein Foto von uns auf der Bank machen und holte sein Handy heraus. Ich hasste Fotos von mir, ließ es aber über mich ergehen. Es war *die* Gelegenheit, die Uhrzeit rauszukriegen – mein Handy war im Rucksack, den Romy nach der Schule mitgenommen hatte. Ich fragte: »Sag mal, wie spät ist es? Ich muss noch zum Tanzkurs.«

»Halb fünf«, sagte er. »Mit wem machst du denn den Tanzkurs?«

»Mit Romy«.

Jan hob die Augenbrauen.

»Das ist kein Tanzkurs für Paare«, erklärte ich. »Unser Kurs heißt *Dancing like the Stars: Sterne über Berlin.* Du weißt schon, die Serie, in der Romy neuerdings mitspielt.«

»Ja, ich weiß. Total cool. Meine Eltern nehmen jede Folge auf.« Er schlug sich auf den Oberschenkel. »Wann musst du denn los?«, fragte er.

Sicher witterte er jetzt die Chance, alles früher zu beenden.

»In einer halben Stunde«, antwortete ich. »Wieso?«

»Wollen wir dann noch ein bisschen rumgehen?« Er lächelte, stand auf und hielt mir wieder seine Hand hin.

Ich atmete tief durch und ließ mich von Jan hochziehen. Die halbe Stunde würden wir auch noch rumkriegen.

KAPITEL 2

»Wie war's mit Jan?«, empfing mich Romy in der Umkleidekabine. Mein Lieblingspulli lag ordentlich zusammengelegt neben ihr auf der Bank.

Mit dir rede ich kein Wort mehr, dachte ich und zog mich schweigend um. Während der Rückfahrt vom Wannsee hatte ich mich die ganze Zeit geärgert. Dieses Date mit Jan war von Anfang an eine Scheißidee gewesen. Romys Scheißidee. Schließlich war sie es, die mich mit Jan verkuppelt und der ich diesen ganzen Stress zu verdanken hatte.

»Erzähl doch mal!« Romy war hartnäckig.

»Frag ihn doch selber!«, blaffte ich sie an und verließ die Umkleidekabine.

Um zu unserem Tanzkurs zu kommen, musste ich an Raffas

Handballtraining vorbei, das in der Halle neben uns stattfand. Ein Ball kullerte durch die offene Tür in den Durchgang und traf meine Füße.

Ich nahm ihn, ging in die Halle und sah mich um. Vom anderen Ende winkte mir Tarik zu. Er war der Torwart der Mannschaft.

Ich holte aus und warf den Ball direkt in seine Arme.

»Wow!«, rief Rollo, Raffas Trainer. »Was war das denn für ein Wurf?!« Er kam auf mich zu. »Wer bist du denn?«

»Das ist meine Schwester Pepa«, hörte ich Raffa sagen, der plötzlich neben uns stand.

»Pepper! Na, da ist der Name ja mal Programm! Wo spielst du denn?«, fragte Rollo.

»Sie spielt nicht Handball, sie tanzt«, antwortete Raffa an meiner Stelle.

»Echt? Wozu das denn?!«, fragte Rollo und sprach mir damit aus der Seele.

»Pepa!«, rief es hinter mir.

Ich drehte mich um und sah Romy in der Tür stehen. Schnell ging ich zu ihr und schob sie geistesgegenwärtig in den Gang zurück. Raffa musste ja nicht unbedingt gleich von meinem ersten Date erfahren.

In meinen Gedanken war ich noch bei dem

Lob von Raffas Trainer. Ich hatte ihn wohl mit meinem weiten Wurf beeindruckt. Cool. Werfen konnte ich wirklich.

Ich dachte an unseren Urlaub in Spanien vor einigen Jahren. Hinter dem Ferienhaus gab es einen Basketballkorb. Und Raffa und ich hatten ständig geübt, sowohl mit links als auch mit rechts zu prellen und auf den Korb zu werfen. Oft hatten wir erst nach Sonnenuntergang aufgehört, uns zu unseren Eltern auf die Terrasse gesetzt und dem Zirpen der Grillen gelauscht.

»So schlimm kann es doch nicht gewesen sein, oder?«, fragte Romy, als wir unsere Halle betraten. »Jan ist doch total nett!« Besorgt sah sie mich an.

»Schon«, sagte ich und merkte erstaunt, dass meine Wut auf sie verflogen war. »Aber das war voll der Stress!«

Die Musik aus der Anlage wurde lauter.

»Come on, stars! Let's dance!«, rief Sina, unsere Tanzlehrerin, und klatschte auffordernd in die Hände.

»Später erzählst du mir das alles in Ruhe, ja?«, sagte Romy und stellte sich wie immer in die erste Reihe.

Ich nickte.

»Come on. Warm up, stars. Hoch mit den Armen! Strahlt, funkelt!« Sina machte ein paar Sidesteps, nahm die Arme hoch und machte beeindruckende Bewegungen mit den Hüften dazu.

Ich schaffte gerade einmal die Sidesteps, den Rest bekam ich nicht hin. Um die Arme nicht ganz doof rumhängen zu lassen, wackelte ich mit den Fingern, um wenigstens ein bisschen zu funkeln. Zum

Glück stand ich ganz hinten. Sina hatte sich uns zugewandt und tanzte alles spiegelverkehrt vor. Hinter meinem Rücken trennte uns ein Vorhang von den Jungs und ihrem Handballtraining. Ich konnte hören, dass sie gerade ein Aufwärmspiel machten.

Den Tanzkurs hatte Romy aufgetan. Wir waren Fans der Serie *Sterne über Berlin*. Romy sollte nach dem Casting vor ein paar Wochen sogar eine kleine Rolle in der Fernsehserie bekommen. Sie hatte Greta und mich zu dem Tanzkurs bei uns in Friedrichshain überreden wollen. Doch wir hatten beide keine Lust gehabt, und zum Glück war der Kurs auch ruckizucki ausgebucht gewesen. Doch leider hatte meine Mutter das mitbekommen und so lange nicht aufgegeben, bis sie für Romy und mich noch irgendwie einen Platz ergattert hatte. Meine Mutter kam aus Uruguay und liebte Tanzen.

Als ich ihr gesagt hatte, dass Tanzen mir keinen Spaß mache, hatte sie das einfach abgebügelt: »Tanzen ist gut für die Figur, und es läuft schöne Musik! Und ihr könnt zusammen mit Raffa und Nick hinfahren, die haben nämlich gleichzeitig nebenan Training.«

»Dann spiel ich lieber mit denen Handball!«, hatte ich gekontert.

»Na, die werden sich bedanken! Du bist ein Mädchen, schon gemerkt? Handball ist für Jungs!«

Meine Mutter hatte immer genaue Vorstellungen davon, was für Jungs und was für Mädchen war. Eine Zeit lang dachte ich, dass alle Mädchen in Uruguay nur in Röckchen herumliefen und Karamellsoße kochten. Aber als wir letztes Jahr im Urlaub da waren, stellte ich fest, dass das gar nicht stimmte. In Uruguay waren die Mädchen wie hier – manche so und manche so. Alle unterschiedlich.

Wie auch immer, Romy hatte sich so auf diesen Tanzkurs gefreut, dass ich ihr zuliebe eingewilligt hatte, mitzukommen. Und der Kurs lief auch nur bis zu den Sommerferien, das würde ich schon irgendwie durchhalten.

Nach dem Warm-up ging ich in die Umkleidekabine, um meine Trinkflasche zu holen.

Die Tür zum Handballtraining stand offen, also warf ich einen Blick hinein. Die Jungs übten gerade Sprungwürfe.

Drüben beim Tanzen ging die Musik wieder los, und ich hörte Sina rufen: »Ihr seid Sterne, be stars!« Eigentlich war das der Zeitpunkt, um wieder zu meiner Tanzgruppe zurückzukehren. Doch stattdessen ging ich kurzerhand in Richtung Bank am Rand der Handballhalle. Tarik und Nick winkten mir zu. Ich setzte mich. Lieber würde ich den Rest der Zeit den Jungs beim Training zugucken, als nebenan zu funkeln.

Raffa kam zu mir gelaufen und fragte: »Alles okay?«

»Alles okay«, antwortete ich. »Das Tanzen ist nur total langweilig.«

»Aber Mama hat dich doch extra noch angemeldet!«, sagte Raffa vorwurfsvoll.

»Wir können ja tauschen«, entgegnete ich.

Raffa guckte mich genervt an und stellte sich wieder in der Schlange für die Sprungwürfe an. Nick, Dariusz und Robin konnten am höchsten springen. Je später man sich in der Luft entschied, wohin man den Ball werfen wollte, desto schlechter konnte ihn der Torwart halten. Je höher man also sprang, desto länger hatte man Zeit zu überlegen.

Am liebsten hätte ich sofort mitgemacht. Ich merkte, wie ich zuckte, wenn die Spieler hoch in der Luft aufs Tor warfen. Solche Sprünge würde ich zu Hause auch mal üben. Wir wohnten in der Boxhagener Straße, und unsere Wohnung lag ganz oben. Mit den Nachbarn teilten wir uns einen großen Dachgarten. Der hatte sogar einen eigenen kleinen Spielplatz und eine Rasenfläche mit Toren, auf der Raffa und ich schon viel Zeit verbracht hatten.

Zwischendurch kam Rollo bei mir vorbei und fragte grinsend: »Na, hat das Tanzen keinen Spaß gemacht?«

»Nee«, sagte ich und grinste zurück.

»Warum spielst du nicht lieber Handball?«, fragte er.

Ich zuckte mit den Schultern. »Hat sich noch nicht so richtig ergeben.«

Er hob die Augenbrauen. »Verstehe«, sagte er und schien auf eine weitere Erklärung von mir zu warten. Als ich nichts weiter sagte, schüttelte er den Kopf und ging wieder zurück zur Mannschaft.

Kurz vor Schluss warf Nick mir einen Ball zu. Ich bekam ihn gerade eben noch zu fangen.

Er rief: »Willst du nicht mitmachen?«

»Wollen schon.« Ich lachte und warf ihm den Ball zurück. »Aber ich hab ja keinen Ball.«

Statt ihn zu behalten, spielte er ihn aber gleich wieder zu mir. »Jetzt schon«, sagte Nick, wandte sich ab und rief:

»Kannste behalten.«

Hatte er das ernst gemeint? Ich sah mir Nicks Handball genauer an. Er war nicht mehr neu und roch auch so. Bestimmt war er eine Nummer zu groß für meine Hände. Doch Prellen und Werfen konnte ich damit super, stellte ich fest. Nick war schon aus der Halle verschwunden, und ich trottete hinterher in Richtung Ausgang, den Ball in der Hand. Vielleicht konnte ich ihn wirklich behalten?

In der Umkleidekabine traf ich wieder auf Romy. Sie saß da, mit ihrem Handy in der Hand, pink die Klamotten, pink der Kopf.

»Na, war's anstrengend?«, fragte ich und legte den Ball auf die Bank.

Sie strich sich eine Strähne aus dem Gesicht und sah kurz hoch. »Ja, schon. Dir hat es wohl nicht so viel Spaß gemacht, oder?«

»Nee, hab lieber beim Handball zugeguckt.«

Sie legte das Handy zur Seite und sah mich interessiert an. »Jetzt bin ich aber mal gespannt, was du zu erzählen hast.« Mit dem Blick auf den Handball fragte sie: »Woher hast du den Ball?«

»Von Nick. Er … er hat ihn liegen lassen«, stotterte ich.

»Aha. Du …? Jan hat bisher noch nicht geantwortet, wie er es fand, aber er hat die Nachricht schon gelesen.«

»*Was?!*« Ungläubig starrte ich sie an. »Du hast nicht wirklich Jan geschrieben, oder?!«

»Klar! *Du* hast doch gesagt, ich soll ihn fragen«, erwiderte sie.

»Aber das war doch nicht ernst gemeint!«

»Woher soll ich denn das wissen?!«

Romy hatte so viel Feingefühl wie ein ICE, wenn ein Kaninchen auf den Gleisen sitzt. Der merkt noch nicht mal, wenn er drüberfährt.

»Du machst alles nur noch schlimmer!«, rief ich, nahm meine Sachen und ging nach draußen.

Vor der Halle warteten Greta und Josi. Sie hielten ein Eis für uns in den Händen.

»Hey!«, rief Greta. »Da sind ja unsere Sterne! Wir dachten, wir holen euch ab und hören uns an, wie dein Nachmittag mit Jan war. Wo ist denn Romy?«

»Kommt gleich«, antwortete ich.

»Hallo, Pepa«, sagte auch Josi und reichte mir eine Waffel mit einer Kugel Schokolade.

»Danke«, sagte ich. Schokolade war meine Lieblingssorte.

Nachdem Romy auch da war und wir ein Stück gegangen waren, fragte Greta: »Wie war's denn jetzt mit Jan?«

»Ooch ...«, sagte ich.

»Ooch gut oder ooch schlecht?«, fragte Greta.

»Ich weiß nicht. Ich hab ja gar keinen Vergleich.«

»Dates laufen immer unterschiedlich«, klärte Romy uns auf. »Ob es gut lief, merkt man daran, ob man das Ganze gern wiederholen würde.«

»Oh nee!«, entfuhr es mir. »Bloß nicht!«

»Wieso bloß nicht?«, fragte Josi.

Als ich nicht antwortete, bohrte auch Greta nach: »Wieso denn?«

»Es war irgendwie voll anstrengend!«, erklärte ich.

»Anstrengend?«, fragte Greta. »Was war denn anstrengend?«

»Na ja, das mit dem Gehen an der Hand. Das hat überhaupt nicht gut geklappt!« Und zu Romy gewandt: »Aber wir haben definitiv Händchen gehalten. Die Wette hab ich auf jeden Fall gewonnen!«

»Aha«, sagte Romy skeptisch.

»Ihr mit dieser blöden Wette!«, ging Greta dazwischen. »Das ist doch völlig egal jetzt. Viel wichtiger ist doch, wie es für dich war, Pepa.«

»Na ja. Keine Ahnung. In Büchern können die immer nicht genug vom Händchenhalten kriegen. So spannend fand ich das jetzt nicht.«

»Klingt ja nicht gerade nach krach, boom, bäng«, sagte Greta.

»Und das mit dem Reden ging auch nicht so gut. Bei mir sowieso nicht, und Jan hat die ganze Zeit *nur* übers Segeln gesprochen!«, fuhr ich fort.

Wir waren in Richtung Oberbaumbrücke unterwegs. Es war Freitagabend, die Frühlingssonne schien, und wir kamen an Kindern vorbei, die auf den Bolzplätzen Fußball spielten. Ein paar türkische Familien saßen vor den Hauseingängen, und aus den Häusern drangen Musik- und Küchengeräusche.

»Sag mal, Pepa«, meinte Romy unvermittelt. »Habt ihr euch denn auch geküsst?« Sie lutschte an ihrem Himbeereis.

Ich stolperte – heute schon zum zweiten Mal! –, und die Kugel Schokolade fiel aus meiner Waffel auf den Boden.

»Menno!«, fluchte ich. Heute war echt nicht mein Tag!

»Willst du meines haben?« Josi hielt mir ihr Eis hin.

Ich schüttelte den Kopf und warf meine Waffel in den Müll.

»Habt ihr oder habt ihr nicht?«

Romy nervte! Doch sie würde keine Ruhe geben, und bis nach Hause war es noch weit.

»Nein«, antwortete ich deshalb.

»Wollte er nicht?«, fragte Romy.

Ich blieb stehen und sah sie prüfend an. »Sag mal, Romy, hast du mit Jan etwa auch 'ne Wette am Laufen?!«

»Nein! Wie kommst du denn darauf?!«, rief sie und schüttelte den Kopf.

Ich guckte Romy in die Augen. Sie guckte zurück und fing nicht an, an ihren Haaren rumzumachen. Okay, sie sagte die Wahrheit.

Nach einer Weile sagte ich: »Ich glaube, Jan wollte. Küssen, meine ich.«

»Immerhin!«, sagte Romy und atmete erleichtert aus.

»Also Romy!«, motzte Greta. »Du tickst ja wohl nicht ganz richtig! Was heißt denn hier *immerhin*? Jeder Typ, der mit Pepa ein Date hat, kann sich glücklich schätzen. Egal ob mit oder ohne Küssen.«

»Entschuldigung. Das stimmt ja auch. Pepa ist wirklich das hübscheste Mädchen in ganz Friedrichshain«, sagte Romy.

»Bitte nicht schon wieder!«, stöhnte ich. Die Nummer kannte ich. Meine Freundinnen trösteten mich immer, indem sie mir einreden wollten, wie irre hübsch ich sei. »Vielleicht bin ich einfach total langweilig.«

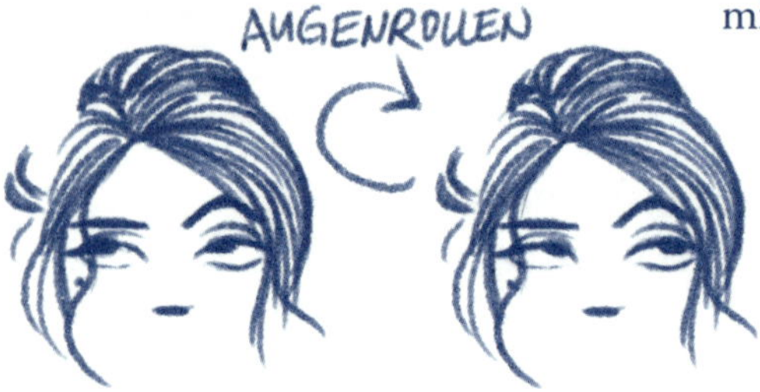

Greta stoppte und baute sich vor mir auf. »Pepa, du bist doch nicht langweilig! Das liegt nur daran, dass du viel zu schön für alle bist! An dich traut sich keiner ran. Oder würdest du Selena Gomez fragen, ob sie Bock auf einen Spaziergang am Wannsee hat?«

»Witzig! Als ob ich aussehen würde wie Selena Gomez!«

»Da hast du recht, Pepa«, meinte Romy. »Du bist hübscher.«

»Genau!«, fand auch Josi, die immer alles genau wie Romy und Greta fand.

Romy fuhr fort: »Aber im Gegensatz zu dir kann die sicher schon küssen.«

Das saß.

Wir waren an der Spree angekommen. Neben uns auf der Straße dröhnten die Autos, und eine Weile sagte keine von uns ein Wort. Stattdessen gingen wir nebeneinanderher und guckten uns um, als wären wir Touristen. Von der Oberbaumbrücke aus konnte man den Alex sehen. Und auf dem Boot unter uns saßen einige Leute an Deck mit einem Bier in der Hand und genossen die Abendstimmung.

Romy bekam eine Nachricht. Sie warf einen Blick auf ihr Handy und sagte: »Ist von Jan.« Und mit einem unsicheren Blick auf mich: »Mal gucken, wie er es heute fand ...«

Sie las die Nachricht und hob die Augenbrauen.

»Was schreibt er denn?«, fragte ich. Jetzt war ich doch neugierig.

Romy lachte. »Na, dem hast du wohl ganz schön den Kopf verdreht.«

»Was? Wieso?«

Romy las vor. »Er schreibt: War richtig cool! Diesen Tag werde ich nie vergessen!«

»Oh, oh! Das könnte Probleme geben«, sagte Greta. Inzwischen waren wir alle stehen geblieben.

»Was denn für Probleme?!« Ich blickte nervös zwischen Romy und Greta hin und her.

»Na ja«, antwortete Greta, »vielleicht denkt Jan, das ist jetzt 'ne feste Kiste.«

»Was denn für eine Kiste?«, fragte ich.

Romy sah von ihrem Handy auf und sagte zu Greta: »Ich fürchte, das denkt er.« Sie grinste. »Er hat nämlich seinen Status geändert.«

»Ich verstehe gar nix!«, sagte ich. »Welchen Status?«

Josi beugte sich vor, um auf Romys Handy zu schauen. »Was schreibt er denn in seinem Status?«

Romy hielt erst ihr, dann mir das Handy vor die Nase. Sein Status lautete:

»Was soll denn das heißen?!«, rief ich. Anscheinend war ich die Einzige, die nichts kapierte.

»Mann, Pepa, ist doch klar. Heute ist für ihn der Tag, an dem ihr zusammengekommen seid«, sagte Greta und fing an zu glucksen.

Josi schlug sich die Hand vor den Mund.

»Aber das stimmt nicht!«, protestierte ich. »Wir sind doch gar nicht zusammen!«

»Das sieht er wohl anders!«, meinte Romy, die Stirn in Falten. Sie sah aus, als ob sie gleich loslachen würde.

»Aber du musst ihm sagen, dass das nicht stimmt!« Verzweifelt zeigte ich auf ihr Handy. »Romy, mach das sofort!«

Josi sah mich mitfühlend an.

Doch Romy steckte ihr Handy in ihre Tasche. »Ich muss überhaupt nichts! Das ist doch wohl nicht mein Problem!«

»Auf einmal, oder was?!«, rief ich schrill.

»Pepa, Romy!« Greta fuchtelte aufgebracht mit den Händen.

Wir hatten Romys Haus erreicht, und Greta setzte sich auf den Bordstein davor. »Leute!«, sagte sie »Wenn ihr nicht gleich aufhört zu streiten, dann bleibe ich das nächste Mal zu Hause. Zoff kann ich da genauso haben.«

Gretas Eltern stritten sich ständig. Greta brauchte wirklich auch mal stressfreie Zeit mit uns, das war echt wichtiger.

Nach einer kleinen Ewigkeit meinte Romy schließlich: »Pepa, tut mir leid, dass ich dir das mit Jan eingebrockt habe. Ich dachte, du und Jan, ihr seid beide so schön sportlich ...«

»Schon okay«, murmelte ich.

»Du musst Schluss machen«, sagte Greta.

»Finde ich auch«, sagte Finde-ich-auch-Josi.

»Wie denn, bitte schön?!«, rief ich, riss mich aber gleich wieder zusammen und sprach leiser, um Greta nicht zu stressen. »Ich kann noch nicht mal beim Bäcker Brötchen bestellen, wenn ich aufgeregt bin! Außerdem ist das alles Romys Schuld. Sie hat uns verkuppelt, dann kann sie auch wieder Schluss machen.«

»Pepa! Das geht doch nicht«, sagte Greta. »Das musst du schon selber machen!«

»Finde ich auch«, fand auch Josi.

»Ich treff mich nicht noch mal mit dem! Auf gar keinen Fall!« Meine Stimme begann zu zittern. Ich saß in der Falle.

»Schreib einen Abschiedsbrief«, schlug Romy vor. »Dann kannst du alles in Ruhe formulieren und verplapperst dich nicht.«

»Gute Idee!« Greta nickte und stand auf.

»Finde ich auch«, fand auch Josi.

KAPITEL 3

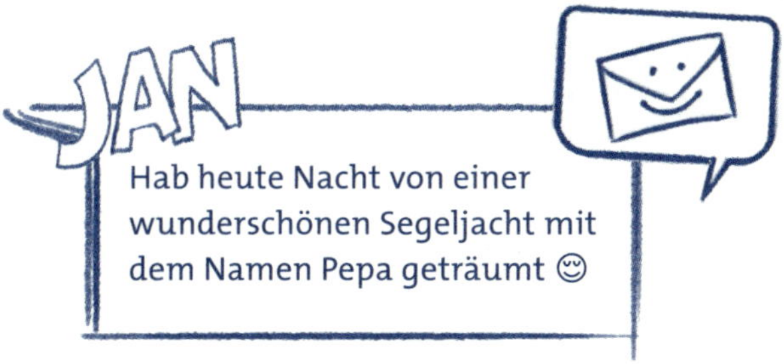

Zum Glück war Wochenende. So hatte ich Zeit, in Ruhe über alles nachzudenken. Fest stand, dass ich nicht mit Jan zusammen sein wollte. Ich war einfach nicht in ihn verliebt. Vielleicht war Romys Vorschlag mit dem Abschiedsbrief an Jan wirklich eine gute Lösung? Schreiben konnte ich auf jeden Fall besser als reden. Gleich nach dem Frühstück wollte ich mich daransetzen.

Als ich in die Küche kam, stand mein Vater vorm Esstisch, strich sich voller Vorfreude über seinen Bauch, gab meiner Mutter einen Kuss und sagte: »Nur Engel können so ein Frühstück machen!«

Meine Mutter trug heute Morgen noch ihren Blumenbademantel, und ihre halblangen, dunklen Haare waren noch nicht zurechtgemacht. Sie lachte und winkte ab. Doch sicher freute sie sich über die Worte meines Vaters: Ihr größtes Vergnügen war es, uns Essen zu machen. Bei meinen Freundinnen waren die Kochkünste meiner Mutter schon legendär. Wenn mich

Romy oder Greta besuchten, blieben sie deshalb gern zum Abendbrot. Romys Lieblingsessen bei uns waren die Empanadas.

Der Frühstückstisch war voll. Es gab Schinken mit Melone, Vanillejoghurt und Erdbeeren, Quark mit Schnittlauch und frisch gepressten Orangensaft. Raffa schien noch zu schlafen, jedenfalls war sein Teller unbenutzt.

Ich brauchte gar nicht so viel. Mir hätte auch Toast mit Nutella gereicht. So nahm ich mir ein Croissant und fragte auf dem Weg zur Tür: »Darf ich aufstehen?«

Meine Mutter schob mir den Orangensaft rüber und sagte:

»Setz dich und trink wenigstens ein Glas Saft. Wenn du dein Croissant aufgegessen hast, darfst du aufstehen.«

Das war ungerecht. Denn meine Mutter aß morgens nie etwas, sondern trank nur ihren Mate-Tee.

Während ich an meinem Saft nippte und überlegte, was ich Jan schreiben sollte, wandte sich meine Mutter an mich: »Hast du heute Lust, mit mir shoppen zu gehen, Negrita?«

»Wieso ich?«, fragte ich. Meine Mutter wusste genau, wie sehr ich dieses Rumgerenne, oder besser, Rumgestehe hasste, während sie sich umzog und versuchte, mich zu irgendwelchem Schnickischnacki zu überreden. »Wozu?«, fragte ich deshalb auch. »Du weißt doch, ich hab genug Klamotten und …«

»Ich weiß, ich weiß«, unterbrach sie mich. »Aber ich muss noch ein paar Kleinigkeiten für den *Karneval der Kulturen* be-

MATE-TEE

AUS DEN BLÄTTERN DES MATE-STRAUCHS

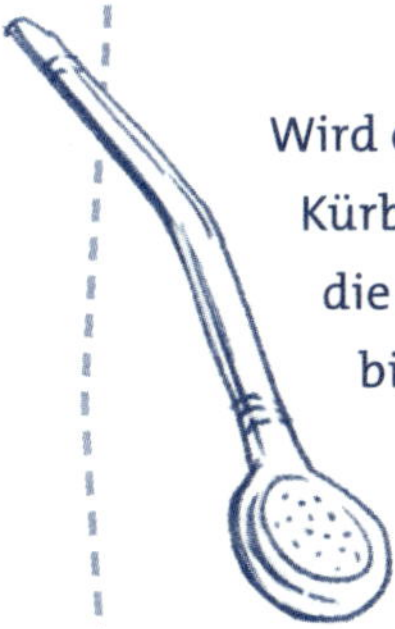

Wird oft in einem ausgehöhlten Kürbis aufgegossen und durch die Bombilla (man sagt »Bombiescha«) – das ist ein silberner Strohhalm mit Filter unten – getrunken. Wird in Uruguay morgens, vormittags, mittags, nachmittags, abends, spätabends und nachts getrunken. Schmeckt nicht, macht aber wach, weil Koffein drin ist.

sorgen. Und vielleicht möchtest du dir auch etwas Schönes dafür aussuchen.«

»Mama! Ich will da eh nicht hin! Das weißt du doch«, sagte ich.

Sie lächelte, als hätte ich nichts gesagt. »Du findest bestimmt irgendwas.«

Sie ignorierte meinen Einwand einfach! Wann kapierte sie endlich, dass ich nicht mehr zu diesem Scheißkarneval gehen würde?! In Uruguay gehört Karneval zum Leben, wie bei uns der *Tatort* zum Sonntagabend, hatte sie mir schon oft erklärt. *Sie* konnte ja auch gern zum Karneval gehen, wenn sie wollte. *Sie* liebte Verkleidung, Musik, Feste und viele Leute um sich herum. Aber meine Heimat war hier, auch wenn ich genau wie sie lieber Katastrophenfilme anstatt *Tatort* guckte.

Seit ich denken konnte, gingen wir immer zum *Karneval der Kulturen*, der jedes Jahr an Pfingsten stattfand. Als ich noch sehr klein war, mochte ich es, auf den Schultern meines Vaters durch die Straßen Kreuzbergs zu ziehen, den Klängen der vielen Nationalitäten zu lauschen und ihre Tänze und Kostüme anzugucken. Spätestens aber seit ich dafür zu schwer geworden war, hatte ich genug davon. Mich von meiner Mutter dafür frisieren zu lassen tat bei meinen langen Haaren ziemlich weh. Und mich dort verkleidet durch die tanzenden Massen zu wühlen war nichts für mich. In den letzten zwei Jahren musste meine Familie ohne mich gehen, ich wurde zum Glück immer vorher krank. In echt!

Für meine Mutter aber war der Karneval wichtiger als Weihnachten. Im Grunde hatte sie zwei Hobbys: kulinarische Köstlichkeiten und den *Karneval der Kulturen*.

Ich trank meinen Saft aus und stand auf.

»Setz dich und iss auf«, sagte nun auch mein Vater.

Ich stopfte mir den Rest des Croissants in den Mund, sagte mit vollem Mund »Habichfon!«, ging aus der Küche und ließ meine Zimmertür hinter mir zuknallen. Ich hatte wirklich Wichtigeres zu tun, als mit meiner Mutter über den Karneval zu streiten.

Hoppla! Beim Rausziehen meines Blocks aus dem Schulrucksack purzelte mein Handy heraus.

»Hier bist du«, flüsterte ich leise meinem Handy zu. »Eingeklemmt im blöden Block! Ich muss einfach besser auf dich aufpassen.« Vorsichtig legte ich es auf meinen Schreibtisch und setzte mich.

Wie sollte ich anfangen? *Lieber Jan!* konnte man heutzutage wirklich nicht mehr schreiben! Aber *Hey, Jan!* war auch keine Alternative. Es erschien mir unpassend für einen Abschiedsbrief. Ich schrieb einfach: *Jan!* Das hatte auch etwas Dramatisches. Aber was sollte ich noch schreiben? Ich grübelte hin und her, doch mir wollte nichts Passendes einfallen. Das kannte ich schon von meinen Aufsätzen für die Schule. Bei denen fragte ich meistens Greta um Rat. Sie fand oft passende Formulierungen, liebte Bücher und war fast ein Songtext-Wikipedia. Sicher konnte sie mir helfen. Ich schrieb ihr eine Nachricht.

Ich: Was machst du?

Greta: Frag lieber nicht. Die Stimmung bei uns ist wirklich mies. Was machst *du*?

Ich: Sitze über dem Brief an Jan. Sag mal, kennst du einen Songtext mit Schlussmachen?

Greta: Weiß nicht. Aber ich guck mal, ob ich was für dich finde.

Ich: Cool.

Nach einer Weile ...

Ich: Du hast doch mal so einen Drama-Song geschrieben. Wieder, wieder oder so ähnlich.

Greta: Der war nicht von mir. Außerdem geht es da eher um das Gegenteil.

Ich: Egal. Hauptsache dramatisch.

Greta: *Wiederwieder, wiederwieder, wiederwieder*
Seh ich dich.
Wiederwieder, wiederwieder, wiederwieder
Frag ich mich.
Wiederwieder, wiederwieder, wiederwieder
Ist es Sonntag ohne dich.
Wiederwieder, wiederwieder
Allein, alleine ohne dich.

Warum muss es so sein?
Warum bin ich nur allein?
Ohne dich gibts heut kein Ende.
Ohne dich bin ich allein.
Wiederwieder, wiederwieder
Ohne Ende, ganz allein.

Ich: Danke! ♥

Greta: ♥

Das klang so schön depri! Ich las mir den Text einige Male hintereinander durch, dann begann ich zu schreiben, überarbeitete das Ganze noch mal und fing wieder von vorn an. So ging es den ganzen Nachmittag.

Später klopfte es an meiner Zimmertür.

»Pepa?!«, hörte ich meine Mutter fragen.

»Was denn?«, fragte ich.

Mit einem verschmitzten Lächeln im Gesicht trat sie ein, als wenn sie mich mit etwas überraschen wollte. »Pepa. Ich hab dir etwas mitgebracht.« Sie kam wohl gerade vom Shopping und raschelte mit der roten Tüte in ihrer Hand.

»Mama! Was soll das?!« Meine Mutter konnte es einfach nicht lassen!

»Ich habe etwas ganz Großartiges für dich gefunden.«

»Etwa für den Karneval?«

»Willst du es nicht wenigstens mal anprobieren? Es ist wunderschön – versprochen!«

»Mama, du weißt doch, dass ich nicht zum Karneval will. Kannst du bitte rausgehen, ich muss hier dringend was machen?«

»Für die Schule?«, fragte sie und kam näher.

Ich saß auf dem Boden und hatte meine ganzen Notizen für den Brief um mich herum ausgebreitet. Schnell schob ich die vielen Zettel zusammen, sodass man sie nicht lesen konnte.

»Auch«, sagte ich.

Enttäuscht sah sie mich an. »Als ich so alt war wie du, hätte ich mir gewünscht, dass *meine* Mutter mal etwas Schönes mitbringt!«

Das hatte sie schon oft gesagt.

»Dafür hätte ich jede Hausaufgabe sausen lassen.« Achselzuckend verließ sie mit der Tüte in der Hand mein Zimmer.

Ich wandte mich wieder meinem Text zu und versuchte, mich zu konzentrieren. Später nahm ich ihn mit ins Bett und feilte beim Fernsehen weiter daran herum. Es lief *Speed*, einer meiner Lieblingsfilme.

Als ich am nächsten Morgen aufwachte, griff ich nach dem Brief neben meinem Bett. Der Text war ein bisschen kurz, aber das war die Beziehung zwischen Jan und mir ja auch. Ehe ich es mir anders überlegen konnte, steckte ich ihn in einen Umschlag. Doch richtig zufrieden war ich noch nicht. Irgendetwas fehlte. Etwas Dramatisches oder Romantisches. Vielleicht sollte Jan, wenn schon nicht in echt, wenigstens per Post einen Kuss von mir bekommen. Ich holte meinen roten Lipgloss, den mir meine Mutter zu Ostern geschenkt hatte, schmierte ihn mir auf die Lippen, zog den Brief zurück aus dem Umschlag und küsste neben meinen Namen.

Mit der Innenkamera meines Handys betrachtete ich mich. »Ein bisschen Farbe im Gesicht tut dir gut, Negrita«, hatte meine Mutter damals gesagt. »Du wirst sehen, dann leuchten deine

Augen noch viel mehr, und die Jungs in deiner Klasse werden ganz verrückt nach dir!«

Schnell wischte ich die Restfarbe mit meinem Handrücken ab.

Die Jungs in meiner Klasse sollten gar nicht verrückt nach mir sein! Die waren ziemlich nervig, hatten eigentlich nur Zocken im Kopf und machten ständig perverse Sprüche. Neuerdings nannten sie sich gegenseitig »Du Hoden!«. So waren Raffa und seine Freunde in der Achten vielleicht auch gewesen, mittlerweile interessierten sie sich aber für viel mehr. Raffa und Nick zum Beispiel für Handball und Skateboards, Ben neuerdings sogar fürs Theater.

Ich sah auf den Abschiedsbrief und erschrak. Das Papier hatte das Lipgloss aufgesogen! Die Kussform war nicht mehr zu erkennen. Stattdessen war da nur ein leicht gewölbter, fettiger rosa Bereich neben meinem Namen. Voll peinlich! Sollte ich jetzt alles noch einmal neu schreiben? Den ganzen Samstag hatte ich schließlich schon mit diesem Brief verbracht! Ich betrachtete die Stelle mit dem aufgesogenen Lipgloss. Es sah ein bisschen aus wie ein zartrosa Auto. Mochte Jan Autos? Keine Ahnung. Aber wer auf Segelboote stand, hatte wahrscheinlich auch nichts gegen Autos einzuwenden. Ich versuchte, dem Auto mit einem Stift die richtige Kontur zu geben, noch ein paar Reifen dran, fertig. Autos haben ja auch was von Wegfahren und Abschied.

Vorsichtshalber machte ich noch ein Foto von dem Brief, um ihn später meinen Freundinnen zu zeigen, dann steckte ich ihn endgültig in den Umschlag. Ein paar Federn hatten sich aus meinem Kopfkissen gelöst. Vielleicht sollte ich die auch noch dazutun? Ich nahm eine und legte sie in den Umschlag – das hatte etwas Persönliches.

Ich war zufrieden. Jetzt musste ich den Brief nur noch Jan überreichen. Dann hätte ich es geschafft.

KAPITEL 4

Am nächsten Tag schlug Romy vor, Jan von der Schule abzuholen. Das wäre die beste Möglichkeit, um das Ganze nicht unnötig in die Länge zu ziehen. Leider hatte Jan andere Vorstellungen.

Ich: Hast du heute kurz Zeit? Könnte dich an deiner Schule treffen.

Jan: Komme lieber zu eurer Schule, da war ich ja schon mal. Um 13:20 Uhr bei den Fahrrädern?

Den ganzen Vormittag über war ich aufgeregt. Was sollte ich bei der Übergabe des Briefes bloß sagen? In der Pause fragte ich Greta, doch ihre Antwort war nicht sonderlich ermutigend.

»Am besten nichts«, sagte sie.

»Aber irgendwas muss ich doch sagen«, wandte ich ein.

»Pepa, ich hab dir schon mal gesagt: Es gibt Momente, da solltest du besser den Mund halten.«

Greta mit ihrer Ehrlichkeit!

Nach Sport fragte ich Romy.

Sie überlegte: »*Hallo, Jan!* – das auf jeden Fall. Und wenn du den Brief dann übergeben hast, musst du ganz schnell los.«

»Echt? Wohin denn?«

»Oh, Pepa! Das sagst du doch nur so«, sagte Romy ungeduldig. »In Wirklichkeit musst du gar nicht schnell los.«

»Ach so. Stimmt ja.«

Romy sah mich prüfend von oben bis unten an und strich mir die Strähne aus dem Gesicht, die aus meinem Pferdeschwanz gerutscht war. »Gut siehst du aus. Das wird schon. Ich bleib in der Nähe, okay?«, versuchte sie mich zu beruhigen.

»Ich auch«, sagte Josi, die die ganze Zeit neben uns gestanden hatte.

Ich nickte.

Am Ende postierten sich alle drei – Romy, Greta und Josi – hinter einer Reihe hoher Büsche, die zwischen den Fahrradständern und der Bushaltestelle gepflanzt waren. Kurz musste ich grinsen. Genau so hatte ich mir immer Kim, Franzi und Marie von den *Drei Ausrufezeichen* vorgestellt.

Mit dem Pennyboard unterm Arm und dem Brief in der Hand steuerte ich auf die Fahrradständer zu, an denen ich mich mit Jan verabredet hatte.

Ich sah ihn schon von Weitem. Jan saß auf der Stange seines Fahrrads, in der Hand sein Handy. Ab und zu schaute er hoch und sah sich um.

Ich war so aufgeregt, als hätte ich gleich ein Casting. So hatte sich Romy sicher neulich in der Theater-AG gefühlt. Vorsichtshalber ging ich noch einmal meinen Text durch. Ich würde sagen: »Hallo, Jan, ich habe es ganz eilig. Schade, nicht? Dafür habe ich einen Brief. Hier! Jetzt muss ich aber schnell los. Tschüss, Pepa.« Quatsch! Pepa konnte ich ja weglassen. Ich merkte, dass ich schon wieder meine Lippen aufeinanderpresste, wie so oft, wenn ich nervös war. Während ich auf Jan zusteuerte, atmete ich noch einmal tief durch.

Plötzlich wurde ich überholt. Ich fühlte etwas von hinten in meinen Nacken pusten!

»Hi, Pepper.«

Es war Nick.

»Fährt dein Board nicht mehr?«

»Was? Nein! Ich meine, doch«, stotterte ich und fasste mich dort an den Nacken, wo er hingepustet hatte.

»Ich kann dich auch auf meinem Board mitnehmen.« Nick deutete auf sein Skateboard und lächelte mich an.

»Pepa!«, rief jemand von Weitem. Ich konnte kaum etwas hören, ich war zu aufgeregt, und mein Herz schlug zu laut. Ich sah mich um. Jan kam auf mich zu.

Nick folgte meinem Blick und sagte leise zu mir: »Ich glaube, du wirst erwartet.« Er setzte einen Fuß auf sein Skateboard, nahm Anschwung und fuhr los.

Dann war Jan auch schon da.

»Hallo, Pepa!«, sagte er. Zur Begrüßung nahm er mich in den Arm.

Jetzt war ich vollkommen durcheinander.

»Ist alles in Ordnung?«, fragte Jan.

Ich nickte.

»Du siehst sehr hübsch aus«, sagte Jan und lächelte.

»Danke«, antwortete ich. »Du auch.«

Er lachte.

Ich atmete tief durch und dachte nach. Was hatte ich noch sagen wollen? Mein Kopf war leer. Alles war weg! Hilflos drehte ich mich um in Richtung Bushaltestelle. Hinter der Hecke konnte ich Romy, Josi und Greta erkennen. Romy fuchtelte mit den Armen, und Greta versuchte, mit dem Mund Worte zu formen. Jetzt erinnerte ich mich! Ich drehte mich wieder zu Jan.

»Hallo, Jan«, sagte ich. »Ich habe hier einen Brief für dich.«

Gerade, als ich Jan den Brief übergeben wollte, bemerkte ich, dass er nicht mehr in meiner Hand war! Und in der anderen Hand war er auch nicht. Wo war er?! Ich durchsuchte meine Jackentaschen, danach meine Hose. Nichts. Ich ließ meinen Blick über den Boden schweifen.

»Einen Brief? Echt?«, fragte Jan. Er wirkte etwas verunsichert. »Was steht denn drin?«

»Schwer zu sagen«, antwortete ich, »musst du lesen.«

Nun durchsuchte ich auch meinen Rucksack. Kein Brief, nirgends! Irgendwo musste dieses verdammte Kackding doch sein!

Jan fragte: »Was war es denn für ein Brief? War er von dir oder an dich?«

»Dir!«

Jan guckte verwirrt.

Ich durchkämmte jede Seite meiner Bücher, Mappen, Hefte. Ich konnte mich auch nicht daran erinnern, ihn in den Rucksack gesteckt zu haben. Aber das hieß bei mir gar nichts.

»Was stand denn in dem Brief?«

Ich schluckte. »Dies und das.«

»Ach so«, sagte Jan und schien auf weitere Erklärungen von mir zu warten.

»Es ging zum Beispiel um lange Nachmittage, die kein Ende nehmen ...«

»Ich wollte sowieso fragen, ob wir uns mal wieder treffen«, unterbrach er mich.

»Nein!«, entfuhr es mir.

Jan zuckte zurück, aber nicht so wie beim letzten Mal, als ich seine Hand genommen hatte. Eher so, als wenn er einem Schlag ausweichen wollte. Bestimmt hatte ich ihn verletzt!

»Ich kann nicht«, sagte ich. »Ich hab wirklich keine Zeit. Tut mir leid.«

Ich versuchte zu lächeln, nahm mein Pennyboard und fuhr los, vorbei an der Bushaltestelle und an meinen Freundinnen, immer

weiter bis hinter die Sporthalle. Dort hielt ich an, lehnte mich an die Hallenwand und schloss die Augen. Ich war total fertig. So eine blöde Freundin hatte Jan nicht verdient! Schließlich konnte er ja nichts dafür, dass ich Segeln so langweilig fand. Als ich die Augen wieder öffnete, sah ich Romy, Josi und Greta um die Ecke biegen.

»Was war das denn?!« Greta fuchtelte mit den Händen. »Jan sah aus wie ein Altkleidersack, den man an der Straße stehen gelassen hat!«

»Oh Mann«, sagte ich. »Der Brief war plötzlich weg!«

»Wie – weg?«, fragte Romy.

»Na, einfach weg! Erst hatte ich ihn noch in der Hand, dann kam Nick …«

»Was wollte der denn?«, unterbrach mich Romy.

»Weiß ich auch nicht.« Ich fasste mir in den Nacken.

»Der Brief muss doch irgendwo sein! Hast du in deinem Rucksack geguckt?« Greta hörte sich an wie meine Mutter.

»Ja. Hab alles abgesucht! Oh Mann, es war die Hölle!«, entfuhr es mir.

»Also, Jan sah auch ziemlich verletzt aus!«, bemerkte Romy.

»Ich geh mal suchen«, sagte Josi und machte sich auf den Weg zurück in Richtung Fahrradständer.

Das war nett.

Ich hockte mich auf den Boden und ließ den Kopf hängen. »Was mach ich denn jetzt?! Jetzt ist immer noch nicht Schluss!«

»Dir ist auch wirklich nicht zu helfen«, sagte Greta, immer noch ärgerlich.

Josi kam um die Ecke, den Brief in der Hand.

»Lag auf dem Boden«, erklärte sie und hielt ihn mir hin. Im Gegensatz zu Greta und Romy klang kein Vorwurf in ihrer Stimme mit.

»Echt?« Ich nahm ihn und verstaute ihn in meinem Rucksack. »Danke«, sagte ich. »Kannst du mal gucken, ob ich irgendetwas im Nacken habe?«, fragte ich Josi und drehte ihr meinen Rücken zu.

Sie hob meinen Pferdeschwanz hoch, untersuchte mich und sagte: »Nein, da ist nichts.«

»Komisch«, murmelte ich.

Den Bauch voller Fischfrikadellen, lagen Romy und ich auf dem dicken Teppich in meinem Zimmer. Sie war nach der Schule spontan mit zu uns gekommen.

»Wir überlegen uns was Neues für Jan«, sagte Romy.

»Vielleicht hat sich das Ganze schon von alleine erledigt«, entgegnete ich. »An seiner Stelle hätte ich wirklich die Nase voll.«

Mein Handy vibrierte, ich hatte eine neue Nachricht.

Jan: Du sahst vorhin so blass aus. Ging es dir nicht gut?

Ich las die Nachricht und zeigte sie Romy.

»Jan ist echt hartnäckig«, sagte sie und wirkte beeindruckt. »Hätte ich gar nicht von meinem Cousin erwartet.«

Sie strich die Haare aus ihrem Gesicht und schien nachzudenken.

»Was hältst du davon, wenn du Jan erklärst, dass in deinem Leben kein Platz für einen Freund ist: zu viel Schule und Tanzen? Vielleicht wird es ja später mal was. So in etwa«, schlug sie vor.

Ich überlegte. »Klingt gut. Aber wann und wie? Auf keinen

Fall will ich ihn noch einmal treffen«, sagte ich. »Das war so peinlich.«

»Das wird schwierig.« Romy zupfte an den Fransen meines Teppichs. »Am Telefon ist es doof. Aber da fällt uns bestimmt noch etwas ein.«

Das klang optimistisch.

»Hoffentlich.«

»Ich melde mich heute Abend noch mal. Vorher muss ich noch üben. Meine neue Szene für *Sterne über Berlin* sitzt noch nicht. Ich muss versuchen, meine Rolle richtig zu fühlen.«

»Verstehe.« Zumindest versuchte ich, es zu verstehen.

Eine Weile schwiegen wir, in Gedanken versunken.

»Du, Pepa«, Romy schien plötzlich aufgeregt, »meinst du, du könntest ... vielleicht könntest du mal kurz den männlichen Part spielen?«

»Was muss ich denn dabei machen?«, fragte ich skeptisch. Ich hatte weder von weiblichen noch von männlichen Parts Ahnung.

»Am besten setz ich mich hier auf das Sofa, und du hockst dich auf den Boden und hältst meine Hand«, schlug Romy vor. »Du brauchst mich nur anzugucken, okay?«

»Okay«, sagte ich.

Romy setzte sich aufs Sofa vor mich. Ich rutschte vor sie und nahm ihre Hand.

»Rami«, säuselte sie und musste lachen. »Noch mal! Das war nichts.«

Ihre Wangen waren plötzlich leicht gerötet, und sie strahlte wie ein Honigkuchenpferd.

»Versuch mal, verliebt zu gucken«, sagte sie. »Und ich muss mich da richtig reinversetzen.« Sie machte eine Pause, atmete tief durch, schaute mir auf einmal ganz ernst in die Augen und sagte vorsichtig: »Rami.«

Ich sah Romy freundlich an, während ich vor ihr kniete.

»Rami, ich weiß, wie sehr du leidest.« Romy fasste sich an die Brust. »Aber ich leide doch auch! Wie sehr ich es mir auch wünsche – es gibt keine Zukunft für uns!« Sie schluckte. »Mein Herz ist dein, das weißt du. Aber was ist, wenn unsere Eltern davon erfahren?«

»Keine Ahnung«, improvisierte ich.

»Sie würden uns killen, glaub mir!«

Romy rückte noch ein Stück näher an mich heran und nahm meine Hände. Jetzt war sie ganz nah. Sie sah so unglücklich aus! Hatte sie echte Tränen in den Augen?

Vorsichtig strich sie mit der Hand über meine Wange, setzte sich zu mir auf den Boden und kam zaghaft näher.

»Wie könnte ich je jemand anderen lieben?«, flüsterte sie.

Meine Zimmertür ging auf.

»Was macht ihr denn da?!«, fragte meine Mutter.

»Nichts!«, sagte ich und rückte von Romy ab.

»Nichts?!«, rief meine Mutter. Ihre Stimme klang hysterisch.

»Wir üben«, sagte ich.

»Aber wieso küsst ihr euch?«, rief sie schrill. »Also, wir haben früher anders für die Schule geübt!«

Nun kam auch Raffa um die Ecke.

»Was ist denn los?«, fragte er und guckte erst mich, dann Romy an.

»Wir haben nur was gespielt«, sagte Romy.

»Deine Schwester und Romy haben sich geküsst!«, schrie meine Mutter. »Das ist los!«

Wäre meine Mutter nicht so bleich im Gesicht gewesen, hätte man sich totlachen können.

»Mama!«, sagte Raffa. »Das ist doch Quatsch.« Doch er schien sich nicht ganz sicher zu sein, denn er guckte Romy und mich misstrauisch an.

»Das ist doch Quatsch, oder?«, fragte er.

»Pepa, was habe ich bei dir bloß falsch gemacht?« Meine Mutter klang verzweifelt, fasste sich an den Kopf und ging aus meinem Zimmer.

»Wieso denn?!«, rief ich. Langsam wurde ich wütend. »Ich darf doch wohl mal mit Romy hier sitzen!« Meine Mutter hatte echt einen Knall!

Romy stand auf, zog ihren Pulli glatt und schnappte sich ihre Sachen. Im Gegensatz zu mir wirkte sie zufrieden.

»Ich glaub, ich hab mich verbessert«, meinte sie leise zu mir, dann lauter zu Raffa, eine Kusshand hauchend: »Schade, Engelchen, dass du ein Junge bist!«

Raffa trat einen Schritt zurück und blieb mit offenem Mund im Türrahmen stehen. Abgang Diva.

»Melde mich später!«, rief Romy mir noch zu.

Später schickte sie mir eine Nachricht:

Romy: Hier Hilfe fürs Schlussmachen. Vielleicht solltest du Jan doch besser nur anrufen ... Und tut mir leid wegen vorhin. Hat sich deine Mutter inzwischen beruhigt? Also, ich fand uns ziemlich gut ;)

DIE BESTEN SCHLUSSMACH-HACKS

– BY ROMY SHIVA WESTING

1. **»Wir sind zu unterschiedlich«, oder: »Mein Alltag ist zu stressig. Ich hab einfach keine Zeit für eine Beziehung.«**

   Bloß nicht: »Du langweilst mich.«

2. **»Ich bin noch nicht reif für eine Beziehung.«**

   Bloß nicht: »Du bist noch nicht reif für eine Beziehung!«

3. **»Meine Eltern / meine Erziehung / mein Glauben erlauben keine Beziehung.«**

   Vorsicht: Deine Eltern könnten dadurch Stress mit dem Jugendamt bekommen.

4. **»Ich habe starke Allergien und reagiere empfindlich auf neue Keime. Dies erlaubt mir keine näheren Kontakte.«**

   Bloß nicht: »Du sabberst beim Küssen.«

5. Von selbst enden lassen: nicht ans Telefon gehen, keine Nachrichten von ihm lesen oder beantworten, nicht die Tür öffnen, wenn er klingelt.

Vorsicht: Funktioniert nur, wenn er nicht in die gleiche Schule geht und man sich nicht ständig automatisch über den Weg läuft. Kann auch sehr lange dauern!

6. »Ich sehe keine Entwicklung in unserer Beziehung«, oder: »Ich muss erst einmal allein sein, um über uns nachzudenken.«

Bloß nicht: »Ich bin in einen anderen verliebt.«

BASICS: NEVER EVER ...

... bei sich zu Hause Schluss machen:
Stell dir vor, er will nicht gehen?

... vortäuschen, sterbenskrank zu sein und
sich aus Rücksicht trennen zu wollen:
Kommt auf jeden Fall raus!

... zur Abschreckung pupsen:
Jungs lieben Pupsen, und wahrscheinlich
macht er sogar mit.

KAPITEL 5

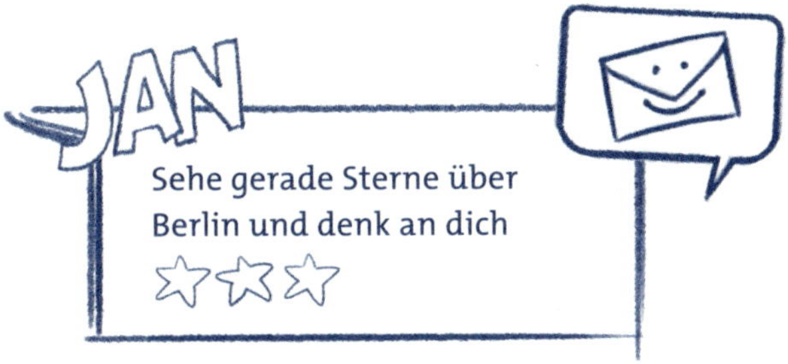

Zum Abendbrot gab es Gramajo, gebratene Pommes mit Ei und Speck. Mein Vater kam von der Arbeit nach Hause und freute sich, dass meine Mutter eines unserer Lieblingsgerichte gekocht hatte. Voller Genuss begann er zu essen und bemerkte erst spät, dass heute etwas anders war als sonst.

»Ihr seid so ruhig …« Er blickte in die Runde. »Ist irgendwas?«

Ich schaute auf meinen Teller.

Raffa antwortete: »Alles in Ordnung.«

»Alles in Ordnung?«, wiederholte meine Mutter. »Klar! Alles in Ordnung. Es ist nichts. Nada.« Mit gehobenen Augenbrauen schüttelte sie den Kopf.

Mein Vater, der sich gerade eine Gabel mit Pommes in den Mund schieben wollte, hielt inne.

»Aber wenn nichts ist, warum seid ihr dann so ruhig?«

»Schmeckt lecker«, antwortete ich.

Meine Mutter legte ihr Besteck zur Seite. »Lecker. Genau! Es schmeckt lecker, und es ist nichts!« Ihre Stimme wurde lauter. »Ich finde schon, dass euer Vater wissen sollte, was los ist.«

»Aber, Mama, es *ist* doch gar nichts!«, beschwerte sich Raffa, verdrehte die Augen und sah genervt zu mir herüber.

Mein Vater schaute zwischen den beiden hin und her und legte schließlich auch seine Gabel zur Seite. Dann strich er meiner Mutter über den Rücken, die daraufhin anfing zu weinen. Hilfe! Dass meine Mutter aus allem immer gleich ein Drama machen musste!

Nach einer Weile sagte sie – und dabei betonte sie jede Silbe: »Pe-pa und Ro-my sind ein Lie-bes-paar!«

»Mama!«, riefen Raffa und ich gleichzeitig.

Ich sprang auf. »Aber das stimmt doch gar nicht!«

Meine Mutter stützte den Kopf auf und verbarg das Gesicht in ihren Händen.

»Mama, was soll denn das?!«, fragte ich. Meine Mutter behauptete einfach falsche Sachen und bemitleidete sich dann auch noch selbst!

Mein Vater hörte auf, den Rücken meiner Mutter zu streicheln und trank einen Schluck Wasser. Er und Raffa sahen mich an, von meiner Mutter kam keine Reaktion. Sie guckte noch nicht einmal hoch! Als hätte ich gar nicht mit ihr geredet!

Jetzt reicht's!, dachte ich. Hier läuft etwas falsch. Erst dachte sich meine Mutter irgendwelchen Quatsch aus, und dann erwartete sie noch Mitleid! Außerdem hörte sie mir einfach nicht zu! Mit einem Ruck schob ich meinen Stuhl zur Seite und verließ die Küche.

Im Flur musste ich erst einmal nach Luft schnappen. Wie kam meine Mutter auf diese Idee? Nur weil ich eine Liebesszene mit

Romy gespielt hatte? Und warum wartete sie, bis mein Vater zurückkam, um diese Show abzuziehen? Doch eigentlich wusste ich die Antwort darauf schon. Sie wollte von ihm getröstet werden. Anstatt mit mir zu reden! Ich hätte ihr doch alles erklären können. Ich lehnte an der Wand im Flur, konnte aber noch verstehen, was meine Eltern in der Küche sprachen.

»Isabella«, hörte ich meinen Vater sagen, »ich versteh nicht, warum du dich so aufregst! Selbst *wenn* es so wäre ... Wo, bitte, ist dein Problem?! Selbst wenn Pepa zwei Piercings in der Zunge hätte ...« Bei der Vorstellung zuckte ich zusammen.

»... und sie nackt jodelnd auf einem Bobby-Car durch Friedrichshain fahren würde ...«

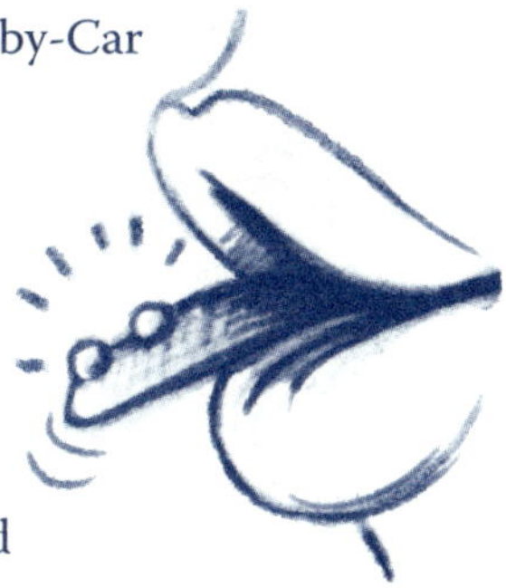

»Christoph!«, rief meine Mutter.

Ich hörte Stühle ruckeln. Dann kam Raffa aus der Küche in den Flur, entdeckte mich und hob vielsagend die Augenbrauen. Wir *beide* hassten es, wenn sich unsere Eltern stritten. Dann ging Raffa in sein Zimmer, und ich lauschte weiter.

»Moment, Isabella, ich bin noch nicht fertig«, sagte mein Vater und hörte sich sehr bestimmt an. »Dann würde ich sagen: Pepa, zieh dir bitte etwas an, du erkältest dich sonst. Und komm zum Abendbrot. Denn mir ist es scheißegal, was die Leute sagen. Und wenn Pepa lesbisch wäre, aber glücklich, dann wäre ich das auch! Ich liebe unsere Tochter so, wie sie ist!«

»Christoph, das tue ich doch auch!«, wehrte sich meine Mutter.

»Dann lass sie doch einfach mal in Ruhe!«

Mann, war mein Vater wütend! Wenn er wütend wurde – und das kam fast nie vor –, wurde er nicht besonders laut, sondern betonte die Wörter komisch. Sie knallten dann durch die Luft, dass es klang wie Holzhacken. Ich konnte mich aber nicht daran erinnern, ihn schon mal so wütend wie jetzt erlebt zu haben.

Mein Herz klopfte. Denn auch wenn mein Vater sehr hart klang, so sprach er mir aus dem Herzen.

Schon immer hatte ich das Gefühl, dass meine Mutter mich einfach nicht so akzeptierte, wie ich war. Sie hätte sich wohl eher eine andere Tochter gewünscht. Mir war unsere Playstation eben tausendmal lieber als irgendwelche Beauty-Blogs. Und schon immer hatte sie mir ihren Geschmack aufzwingen wollen. Als kleines Mädchen hatte sie mich als Prinzesschen verkleidet – als wäre ich eine Puppe! Manchmal dachte ich, diese ständigen Vergleiche meiner Mutter zwischen mir und anderen, »normalen« Mädchen hatten mich oft erst recht dazu angestachelt, das Gegenteil dessen zu tun, was ihr gefallen hätte.

Dabei hätte sie auch viele Sachen an mir finden können, die in ihren Augen sicherlich typisch für Mädchen waren. Dass ich mich – im Gegensatz zu Raffa – auch für Bücher interessierte, das würdigte sie zum Beispiel überhaupt nicht!

Wenn meine Mutter selbst mehr lesen würde, wüsste sie, dass die Hungerspiele nicht irgendein Game sind, sondern Teil einer richtig guten Liebesgeschichte. Außerdem war ich eine Meisterin im Mischen von Badezusätzen, wie Romy und Greta immer sagten, sodass sie sich sogar schon meine selbst gemachten Badebomben zum Geburtstag gewünscht hatten. Und ich aß gern Obst.

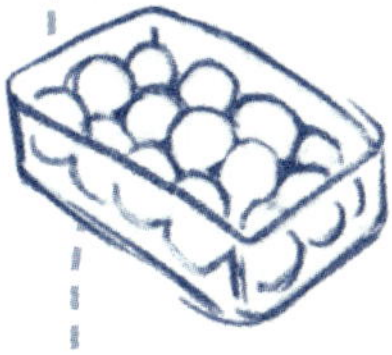

PEPAS BADEBOMBEN

Für 12 Stück braucht man

aus dem Supermarkt:

- 200 g Natron
- 100 g Zitronensäure (Vitamin-C-Pulver)
- 50 g Stärke (aus Mais)
- ca. 5 Esslöffel Öl (z. B. Olivenöl, Mandelöl, geschmolzene Kakaobutter)

- Speisefarbe nach Belieben
- 1 Teelöffel Puderzucker oder Honig (für eine weiche Haut)

aus der Drogerie:

- 20 Tropfen Parfümöl (Rosen-, Veilchenöl o. Ä.)

von draußen:

- 2 Esslöffel getrocknete Blüten oder Blätter (z. B. Rose, Ringelblume, Zitronenverbene, Lavendel)

Alle trockenen Sachen mit einer Gabel mischen, dann die flüssigen dazugeben. Gut durchkneten. Die Masse sollte geschmeidig sein wie ein Mürbeteig. Ist sie zu flüssig, gibt man etwas mehr Stärke, ist sie zu fest, gibt man Öl dazu. Jetzt drückt man die Masse in Eiswürfelformen oder rollt mit der Hand Kugeln von ca. 4 cm Durchmesser und lässt sie ca. 1 Woche an einem kühlen Ort (nicht im Kühlschrank) trocknen.

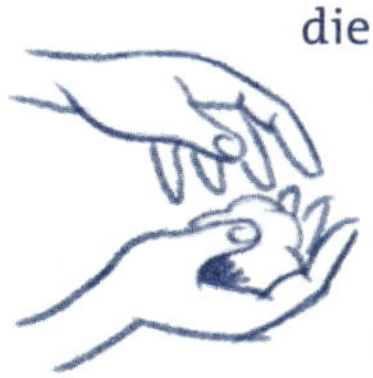

Ohne darüber nachzudenken, riss ich die Tür zur Küche auf und rief: »Ich braucht nicht zu streiten, ich bin gar nicht lesbisch!«

»Darum geht es doch nicht«, sagte mein Vater, stand auf, räumte seinen Teller ab und ging aus der Küche ins Wohnzimmer.

Plötzlich tat mir meine Mutter leid. Sie sah ziemlich verloren aus. Ich konnte mich gar nicht erinnern, meinen Vater jemals so sauer auf meine Mutter erlebt zu haben. Als sie aufstehen wollte, um den Tisch abzudecken, sagte ich: »Ich hab sogar einen Freund! Jan. Er segelt gern.«

Meine Mutter hielt inne und blieb sitzen. In meinem Handy suchte ich nach dem Profilbild von Jan und hielt es ihr vor die Nase. Doch sie sah gar nicht hin, sondern hielt ihren Blick immer noch auf die Küchentür gerichtet, durch die mein Vater hinausgegangen war.

Nach einer kleinen Ewigkeit sagte sie schließlich: »Zeig mal her, Negrita.« Sie nahm mein Handy und schaute es sich näher an. Jan trug auf dem Foto eine Sonnenbrille und saß vor einem Segel, hinter ihm das Meer. »Was machen denn seine Eltern?«, fragte sie.

»Keine Ahnung. Wieso?«

»Völlig egal. Hauptsache, du bist glücklich.« Sie sah mich mit feuchten Augen an. »Du weißt, dass ich dich sehr liebe.«

»Ja, ich weiß, Mama.«

»Gut.«

Dann stand sie auf und räumte die Küche auf.

Im Bett dachte ich, dass es ein Fehler gewesen war, meiner Mutter zu erzählen, dass ich einen Freund hätte. Erstens war er ja gar nicht mein Freund – auch wenn er das anders sah –, und zweitens hätte ich besser meinen Vater unterstützen sollen. Nach seiner Rede hätte mir meine Mutter vielleicht ja sogar zugehört und mich ernst genommen. Doch die Chance war vertan. Ich hoffte trotzdem, dass das vorhin meiner Mutter zu denken gegeben hatte. Hauptsache, meine Eltern würden sich wieder vertragen.

Mein Handy vibrierte – eine Nachricht von Greta.

Greta: Meine Mutter ist ausgezogen.

Romy: Was?!!!!! Soll das ein Witz ein?

Greta: Es gibt Sachen, da mache ich keine Witze drüber.

Ich: Voll Schock.

Greta: Im Film ziehen immer die Väter aus.

Romy: Nicht nur im Film.

Josi: Sind deine Eltern jetzt richtig getrennt?

Greta: Richtiger geht es nicht.

Ich: Voll Scheiße.

Greta: Ja.

Romy: Halt irgendwie durch. Bald ziehen wir alle in eine WG …

Greta: ☺

Romy: Wir sprechen morgen in der Schule. HDGDL

Greta: ☺

Arme Greta! Wir wussten alle, dass es bei ihr zu Hause drunter und drüber ging und zwischen ihren Eltern manchmal ganz schön die Fetzen flogen. Doch dass es so schlimm war, hätte ich trotzdem nicht gedacht. Gretas jüngere Zwillingsschwestern Lilly und Lina traf das bestimmt voll hart. Greta hatte immerhin noch ihren Hund Bono und uns zum Trösten.

Nachdem ich das Licht bei mir am Bett ausgemacht hatte, konnte ich nicht einschlafen. Wenn sich nun Gretas Eltern ständig so gestritten hätten wie meine Eltern heute – Hölle! Und nun auch noch die Trennung!

Ganz leise klopfte es an meiner Tür. Manchmal guckte mein Vater abends noch bei mir rein, um das Licht auszumachen, falls ich beim Lesen eingeschlafen war.

»Papa?«, fragte ich.

Die Tür ging langsam auf.

»Schläfst du noch gar nicht?«, fragte mein Vater.

Vorsichtig kam er herein und setzte sich zu mir.

»Papa? Wolltet ihr euch schon mal trennen – Mama und du?«

»Wie kommst du denn darauf? Weil wir uns heute gestritten haben?«, fragte er erstaunt.

»Nee, nur so.«

»Nein. Mama gebe ich nicht mehr her. Dafür musste ich zu lange auf sie warten«, sagte er.

Das klang beruhigend.

»Wieso?«, fragte ich.

»Lass mich mal rechnen. Das waren bestimmt sechs Wochen. Das klingt vielleicht nicht sonderlich lange, aber diese Wochen waren für mich die längste Zeit meines Lebens.«

Ich rückte zur Seite, und mein Vater lehnte sich neben mir an die Wand und begann, meinen Unterarm zu kraulen. Wie früher immer.

»Also. Das war in der Zeit, als ich für ein Jahr in Uruguay gearbeitet habe. Mittags habe ich Mama in der Firmenkantine entdeckt, wo sie zu der Zeit gearbeitet hat. Sie war wunderschön. Jeden Tag habe ich sie bei der Essensausgabe beobachtet. Sie war immer freundlich zu den Leuten, wirkte gleichzeitig aber auch stolz, irgendwie majestätisch …«

Er machte eine Pause.

Als ich ihn anstupste, fuhr er fort: »Na ja, du kennst sie ja. Irgendwann ist mir aufgefallen, dass ich vormittags anfing, ungeduldig zu werden. Ich habe dort an Zuleitungen für ein Kraftwerk gearbeitet und konnte mich nicht so recht konzentrieren und es kaum erwarten, Mittagspause zu machen. Erst schob ich das auf meinen Hunger. Später aber merkte ich, dass ich mich in Wirklichkeit darauf freute, Mama in der Kantine wiederzusehen. Ich hatte den Eindruck, als hätte sie mich auch schon bemerkt. Wenn ich zum Beispiel an der Reihe war, hielt sie meinen Teller lange in den Händen und machte ihn besonders voll. Das fiel selbst meinen Kollegen auf. Wie auch immer: Ich war ein paar Tage auf Baustellen unterwegs. Als ich danach wieder in der Kantine aß, lächelte sie mich an. Jeden Tag! Du weißt ja, wenn Mama lächelt, wird der ganze Raum warm.«

Ich wusste, was er meinte. »Stimmt«, sagte ich und musste gähnen.

»Den Rest erzähl ich dir morgen, du schläfst ja schon«, sagte mein Vater.

»Das ist gemein! Wie geht es denn zu Ende?«, beschwerte ich mich.

»Zu Ende ist die Geschichte zwischen mir und ihr noch lange nicht.«

»Aber wieso waren es die längsten sechs Wochen deines Lebens?«

»Na, weil ich mich vom ersten Moment an in deine Mutter verliebt hatte, noch bevor sie mich das erste Mal angeguckt hatte. Und ich musste noch sechs Wochen, also eineinhalb Monate, warten, bis ich sie endlich einladen konnte.«

»Erzähl weiter«, forderte ich.

»Der Koffer mit meinem guten Anzug war auf dem Flug nach Uruguay nicht mit angekommen.«

»Versteh ich nicht.«

»Na ja, würdest du zu dem ersten Date mit der Frau deines Lebens geliehene Sachen anziehen? Das würde hier vielleicht noch gehen. Aber in Uruguay ist es total wichtig, dass man sich dafür richtig schick macht. Ich hatte jedenfalls nur einige Sachen von meinem Kollegen – und der war deutlich größer als

ich. Die Ärmel seines Sakkos gingen mir bis hier!« Er deutete bis zu seinen Fingerspitzen.

»Weiter«, sagte ich und hielt ihm wieder meinen Arm hin.

»Weißt du, Pepa«, sagte mein Vater und kraulte weiter, »ich wollte Mama für immer haben. Das wusste ich damals schon. Als der Koffer nach zig Wochen immer noch nicht wieder da war, hab ich mir bei einem Schneider einen richtig guten Anzug nähen lassen. Als ich den hatte, habe ich Mama erst auf eine Bootsfahrt und danach in ein feines Restaurant eingeladen. Und: Der Erfolg hat mir recht gegeben. Immerhin habe ich hier ein Mädchen namens Pepa vor mir liegen, die genauso hübsch ist wie ihre Mutter und die Papa zu mir sagt.«

Er klopfte auf meinen Unterarm und stand auf.

»Und jetzt träum schön«, sagte er und schloss leise die Tür hinter sich.

Ich konnte immer noch nicht schlafen, nahm mir irgendwann mein Handy und checkte, ob Wolke an die wahre Liebe glaubte.

WAS DAS LEBEN SO BRINGT VON A - Z

W WIE WAHRE LIEBE

Alle reden davon, alle können was dazu sagen, und jeder hat sie gefühlt schon hinter sich, zumindest, wenn er Lucky Blue Smith mal in die Augen gesehen hat. Na ja, ihr wisst, was ich meine: das Schockverliebtsein. Natürlich nicht zu vergleichen mit der wahren Liebe. Die WAHRE LIEBE. Diese Worte sind so groß, dass sich außer Hollywood keiner drantraut, und irgendwie ist es ja auch wirklich schwer, zu sagen, wann man schockverliebt ist (Lucky Blue!!!) oder wann es um die wahre Liebe geht. Die alten Storys von den Eltern handeln manchmal davon, aber wenn man sie sich heute so anguckt, glaubt das ja auch keiner mehr.

Ich glaube ja, dass Disney diesen Mythos von der EINEN wahren Liebe erfunden hat. Denn, sind wir mal ehrlich, gibt es da draußen vielleicht nicht mehrere #Soulmates? Diese Antwort werden wir so

ÜBER MICH

Hallo! Schön, dich zu sehen :) Ich bin Wolke, und hier schreibe ich über alles, was in meinem Leben passiert. Stay cloudy!

MAIL

Ausgehen Deko Fashion Fotos Freunde Lifestyle Shopping Haul Liebe Party Wohnen

schnell nicht kriegen, aber was wir in der Zwischenzeit machen können, ist, uns auf jemanden einzulassen. Jaja, denkt ihr jetzt, Wolke wieder #staypositive und so, aber es ist, wie es ist: In der Zeit, in der wir der wahren Liebe auf die Sprünge helfen, kann man sich ja auch mal wunderbar zwischendurch schockverlieben. Denn die Hammernummer mit der ganz großen Liebe inklusive #forever und so kommt ja noch früh genug. Nennt mich #Disneyvictim – ich glaub da dran, ja, es gibt sie. Und du merkst es, wenn sie vor dir steht. Ich stelle mir da kein Bauchkribbeln vor, sondern eher einen ganzen Schmetterlingsschwarm! Einer, der dich total umhaut, und dann #crashboombang war's das!

Aber bevor uns das passiert (und das wird es), kommen wir mit den kleinen Schockverliebtmomenten doch ganz gut klar, oder? ☺

Nur eine Sache ist wichtig, und diesen Rat bekommt ihr wie immer #forfree von mir: Redet euch nicht ein, dass DER oder DIE es ist, nur weil ihr diese Schmetterlingssache haben wollt. Glaubt mir, ihr merkt es, wenn es so weit ist. Und wenn's das nicht ist – keine Horde und nix, eher so 'ne Mücke auf Krücken –, ist es auch nicht schlimm, denn dann heißt es: #friendship!

Das war mein #BlogzumMontag #foreverlove #forfree

Wie immer – eure

#staycloudy

Für Wolke schien die wahre Liebe also eher eine Frage der Zeit zu sein. Ich legte das Handy zur Seite und fing an, von einer anderen Welt zu träumen. In der Welt gäbe es keinen Liebesstress, sondern ganz viel Handball. Ich hätte eine voll coole Mannschaft und wäre unglaublich begabt. Wenn ich spielen würde, wäre die Halle gerammelt voll. Als Rechtsaußen würde ich eigentlich unmögliche Tore werfen. Der Torwart würde nur noch heiße Luft um sich spüren, so doll würde ich die Bälle reinhämmern. Beim Konter würde ich durch die Halle rasen, den Ball in der Luft fangen, und wenn ich dann das entscheidende Tor zum Sieg machen würde, ginge ein Raunen durchs Publikum. Meine Mannschaft würde mich hochheben und durch die Halle tragen. Von oben würde es Glitter regnen wie bei *The Voice of Germany*, und die Zuschauer würden jubeln, genau wie meine Eltern. Alle meine Freunde wären da, und meine Mutter würde auf zwei Fingern pfeifen. Das konnte sie nämlich.

KAPITEL 6

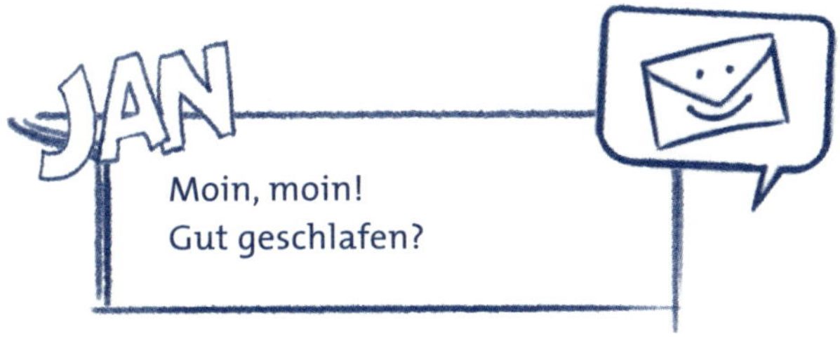

Am nächsten Tag in der Schule blieb Gretas Platz neben mir leer.

»Kommt Greta heute nicht?«, fragte Josi in die Runde.

»Hab nichts gehört. Du?« Romy guckte in meine Richtung.

Ich schüttelte den Kopf.

»Ist bestimmt wegen ihren Eltern«, vermutete Josi.

Romy sah wütend aus. »Wenn sich die Eltern trennen, kümmert sich immer kein Schwein um die Kinder! Was soll denn jetzt werden?!«, rutschte es ihr etwas zu laut raus, sodass Herr Gänger, unser Biolehrer, sie mahnend ansah.

Ich flüsterte: »Ich schreib ihr mal und frag, ob sie krank ist.« Unter dem Tisch tippte ich heimlich in mein Handy.

Handys im Unterricht waren in der Schule voll verboten. Wurde man erwischt, wurden die Eltern zum Gespräch eingeladen. Außerdem musste man zur Sozialpädagogin und einen Aufsatz über Mediensucht schreiben. Eigentlich hielt ich mich also daran, doch das hier war ein Notfall.

Statt einer Antwort schickte Greta mir kurz vor Schulschluss einen Psychotest: »Bin ich reif für die Liebe?«

REIF FÜR DIE LIEBE?

1. Verliebt sein ist ...

a) ... bestimmt aufregend (2)
b) ... etwas für hoffnungslose Romantiker (1)
c) ... jedes Mal wieder cool (3)
d) ... so kribbelig wie Brausepulver (4)

2. Flaschendrehen auf einer Party. Ein süßer Junge soll dich küssen. Was denkst du?

a) Ich geh mir mal 'ne Cola holen ... (1
b) Augen zu und Kuss! (3)
c) Endlich bin ich an der Reihe. (4)
d) Hilfe! Wann hab ich das letzte Mal Zähne geputzt? (2)

3. Welche Songtextzeile passt zu deiner momentanen Gefühlslage?

a) I don't care cause I don't dare (2)
b) There's no place for you in my life (1)
c) Come on boy, let's dance! (3)
d) Everything's changed since I met you (4)

4. Ein Junge, den du gut findest, gesteht dir seine Liebe. Was machst du?

a) Lächeln und glücklich sein ... (3)
b) Ich flüchte auf die Mädchentoilette und möchte gar nicht mehr rauskommen! (1)
c) Keine Ahnung! Darüber muss ich dringend mit meinen Freundinnen reden ... (2)
d) Ich gebe ihm einen Kuss auf die Wange und zeige allen, dass wir ein Paar sind. (4)

5. Gibt es einen Jungen, den du besonders gerne magst?

a) Nope. Nicht, dass ich wüsste ... (2)
b) Einen? Ich finde viele Jungen gut. (4)
c) Da gibt es schon jemanden. Ich weiß nur nicht, wie ich es ihm sagen soll. (3)
d) Jungs nerven nur. (1)

6. Am Valentinstag liegt eine Rose auf deinem Platz in der Schule. Was machst du?

a) Ich freue mich wahnsinnig darüber und trockne sie über meinem Bett. (3)

b) Ich gebe sie meiner Lehrerin. Vielleicht werde ich dann nicht ausgefragt? (2)

c) Ich schreibe meinem Schwarm eine Love-SMS und bedanke mich. (4)

d) Ich werde rot und lasse die Rose in meinem Rucksack verschwinden. (1)

7. Denkst du oft an Jungs?

a) 24/7 (4)

b) Genauso oft wie an Mädchen. (1)

c) Oft und nur an einen ... (3)

d) Nö, das ist Zeitverschwendung. (2)

8. Ein Junge fragt dich, ob du mit ihm ins Kino gehen möchtest. Was antwortest du?

a) Sorry, bis zu den Sommerferien bin ich total ausgebucht. (2)

b) Meinst du wirklich *mich*? (3)

c) Cool. Welcher Film? (4)

d) Nee, lass mal. Ich geh lieber mit meinen Freundinnen. (1)

9. Wenn man mit einem Jungen zusammen ist ...

a) ... hat man meistens jede Menge Ärger an der Backe. (1)

b) ... muss man nie wieder allein auf einer Party herumstehen. (3)

c) ... hat man gar keine Zeit mehr für Hobbys und Freunde. (2)

d) ... schwebt man auf einer rosa Wolke. (4)

10. Ein Pärchen kuschelt auf einer Parkbank. Was denkst du?

a) Ach, sind die süß! (3)

b) Schön wenn ihr verliebt seid, aber muss ich das unbedingt wissen?! (2)

c) Irgendwann werde ich auch mal dort sitzen ... (4)

d) Uääh – die Stadt ist mit Liebespaaren verseucht. (1)

Auswertung auf S. 200

Erleichtert verkündete ich den anderen: »Greta scheint okay zu sein. Immerhin ist sie in der Lage, sich Psychotests auszudenken.«

Das war typisch Greta: immer von ihren eigenen Problemen ablenken! Dabei war *sie* es doch, der es gerade echt scheiße ging. Greta schrieb diese Psychotests selbst. Es war eine Art Hobby von ihr. Sie waren manchmal richtig lustig, vor allem, wenn man wusste, von wem sie stammten. Ich beschloss, nach der Schule bei ihr vorbeizugucken. Romy wäre gern mitgekommen, musste aber zu den *Sternen*, und Josi bot an, mich zu begleiten. Doch das wollte ich nicht.

Greta wohnte in einem Hinterhaus. Um dorthin zu gelangen, musste man erst beim Vorderhaus klingeln. Als ich bei Sandberg läutete, passierte nichts. Das kannte ich schon. Gretas Vater ging grundsätzlich nicht an die Tür, wenn er am Schreibtisch saß – und das tat er eigentlich immer. Und Greta hatte oft ihre Kopfhörer auf, sodass sie sowieso nichts hören konnte. Wären Lilly und Lina zuhause, hätte sicher eine von ihnen die Tür geöffnet. Ich drückte die Klingel über Sandberg, bei Väth, auch nicht zum ersten Mal. Es ertönte ein »Hallo?« durch die Gegensprechanlage. Das war nicht Gretas Stimme.

»Hallo«, sagte ich.

»Wat is?«, fragte die fremde Stimme.

»Ich möchte zu den Sandbergs.«

»Wat kann ick dafür?«

»Nichts. Wieso?«, fragte ich.

»Wat bist denn du für 'ne Knalltüte?!«

»Ich bin keine Knalltüte!«, wehrte ich mich. »Ich will meine kranke Freundin besuchen.«

Die Tür wurde geöffnet! Gretas Fenster zum Hof stand offen, und ich konnte Musik aus ihrem Zimmer hören. Sie war also zu Hause.

Ich stellte mich darunter und rief: »Gree-ta?!«

Keine Reaktion. Wahrscheinlich konnte sie mich gar nicht hören. Jemand spielte Gitarre, verspielte sich und setzte wieder neu an. Dann kam Gesang dazu. Das musste Greta sein! Ich lauschte. Noch nie hatte ich Greta in echt singen gehört! Aus Versehen hatte sie mal ein Audio auf ihrem Handy angemacht, das sie selbst gesungen hatte. Sie war sofort rot geworden, hatte hektisch rumgetippt und es ausgestellt.

Das hier war also gerade einmalig – ich hatte richtig Herzklopfen! – umso genauer hörte ich hin. Der Rhythmus war nicht sonderlich schnell. Ich meinte, im Hintergrund Bono jaulen zu hören. Süß. Der Gesang wurde zunehmend lauter, vielleicht dadurch so ergreifend.

Der Regen fällt, er fällt
Er perlt von meiner Haut
Und er fällt, er fällt
Du weißt, ich hatte dir vertraut

Das Lied kannte ich nicht, aber es klang ziemlich bitter. Greta hatte wirklich eine ganz besondere Stimme: eigentlich eher kräftig, aber wenn sie leiser wurde, vibrierte sie ganz sanft und klang ein bisschen heiser. Gretas Gefühle schienen mir highspeed ins Herz zu schießen.

Bist gegangen ohne Abschied
Kein »Wir hörn uns«, kein »Bis bald«
Und was bleibt, ist das Lied
Aus Tränentropfen und verlorner Zeit

Die Melodie wurde leiser.

Ich musste schlucken. Dann rief ich noch einmal, dieses Mal lauter: »Gree-taa!«

Bono bellte, Greta konnte also nicht weit weg sein!

Das Fenster über Gretas Zimmer öffnete sich.

Eine Frau mit pinkfarbenen kurzen Haaren und einem brüllenden Kind auf dem Arm rief: »Mann! Mach ma nich soon Rabbatz hier! Is Mittagspause!«

Sicher war das Frau Väth!

Schnell ging ich zurück zu den Klingeln vorn an der Straße und versuchte es erneut bei Greta. Sie war ja da! Bono bellte. Ich klingelte noch mal, und Bono bellte wieder. Wenigstens einer, der sich über meinen Besuch freute.

Die Gegensprechanlage ging an: »Kleene, hast es nich jeschnallt? Bei Sandbergs is keena!« Im Hintergrund hörte ich immer noch Gebrüll. Das war wieder Frau Väth!

Aber ich war hundertpro sicher, dass Greta da war! Wieso machte sie nicht auf? Ein letzter Versuch, dachte ich und schrieb Greta eine Nachricht:

Ich: Mach endlich die Tür auf!

Keine Antwort.

»Is Mittagspause, mach’n Abgang!«, brüllte es von oben zu mir in den Hof herunter.

Ich: Ich glaub, deine Nachbarin schmeißt mir gleich ihre Kinder auf den Kopf …

Greta: Bin in 5 min unten.

Na endlich!

»Wollt nur mal gucken, wie’s dir geht«, sagte ich, als Greta mit Bono aus dem Haus kam. Ihre Haare, die sie sonst offen trug und jeden Morgen wusch und föhnte, schien sie hastig zum Pferdeschwanz zusammengebunden zu haben. Sie war ungeschminkt, und ihre Augen wirkten verquollen. Sicher hatte sie geweint.

»Dann kann ich ja jetzt wieder reingehen, oder?«, blaffte sie mich an.

Ich sagte nichts.

»Entschuldige. Ach, Mann, du kannst ja nichts dafür … Komm, wir gehen zum Boxi«, schlug Greta schließlich freundlicher vor.

Bono kannte den Weg und zog uns hinter sich her. Greta hielt am Antiquariat und guckte draußen in den Auslagen bei den alten Schallplatten – dabei kannte sie doch längst das ganze Angebot dort auswendig. Rumstehen gefiel weder mir noch Bono. Ich wartete, während Bono an mein Lieblingsgraffiti pinkelte, die beiden Giraffen an der Säule. Erst sah man die eine Giraffe allein, im Vorübergehen aber erkannte man, dass ihr Freund gleich um die Ecke auf sie wartete. Herzchen schwebten um sie herum. Wenn das mit der Liebe nur so einfach wäre!

Am Boxi war heute viel los. Aber das Wetter war auch viel zu schön, um drinnen zu hocken. Wir holten uns zwei Smoothies von *Juicy Lucy* und wollten zu unserer Bank, doch die war leider schon belegt. Zwei Männer und eine Frau schienen schon lange dort zu sitzen. Sie rauchten und redeten laut, neben sich eine Kiste Bier. Unsere arme Bank! Wir gingen noch ein Stück und setzten uns auf eine freie Bank weiter hinten in der Nähe des Kinderplanschbeckens.

»Wo ist denn deine Mutter hingezogen?«, fragte ich nach einer Weile.

»Zu 'ner Freundin. Lilly und Lina hat sie mitgenommen.« Greta sah geradeaus in Richtung der Kinder.

Ich sagte nichts.

»Die beiden sehen das ziemlich lässig«, fuhr sie fort. »Die denken, das ist 'ne Riesenübernachtungsparty.«

»Und?«, fragte ich.

»Wie – und?!«

Greta hatte schon wieder diesen aggressiven Unterton. Wenn sie so drauf war, war es am besten, abzuwarten. Aus dem Augenwinkel sah ich, dass Greta die Arme vor der Brust verschränkt hatte und sich mit den Fingern auf die Oberarme klopfte. Dabei starrte sie weiter geradeaus. Ich schlürfte meinen Erdbeer-Smoothie und fragte mich, wie es wohl früher bei Gretas Eltern gewesen war? Hatten die auch mal für immer zusammenbleiben wollen, so wie mein Vater und meine Mutter? Wenn ja, warum klappte das nicht? Und wenn nein, warum waren sie dann überhaupt zusammengeblieben? Hatten sie das mit dem Schlussmachen auch nicht hingekriegt – so wie ich?

Nach einer Weile schien sich Greta wieder beruhigt zu haben, denn sie fragte: »Und, was sagt der Test? Bist du reif für einen Freund?«

»Bin noch nicht so weit – mit dem Test, meine ich. Sag mal, wieso gibt es eigentlich immer nur vier Antworten?«, fragte ich.

»Das ist immer so bei Psychotests.«

»Aber nie finde ich eine passende Antwort für mich.«

»Zum Beispiel?«, fragte Greta.

»Zum Beispiel: Flaschendrehen auf einer Party. Ein süßer Junge soll dich küssen. Was denkst du? Die möglichen Antworten: *Ich geh mir mal 'ne Cola holen ..., Augen zu und Kuss, Endlich bin ich an der Reihe!, Hilfe, vielleicht beißt er?* Was sind das für Antworten?!«

»Wieso? Welche Antwort fehlt denn?« Greta sah mich interessiert an.

»Na ja, zum Beispiel: Ich weiß nicht.«

»Du weißt es nicht?«

»Nein! Woher soll ich denn das wissen? Darüber denk ich gar nicht nach.« Mein Smoothie war leider schon alle, und ich leckte mir die Lippen ab. »Ich denk höchstens darüber nach, wie man sich technisch auf den Kuss vorbereiten kann.«

»Technisch?«

Greta konnte einen mit ihrer Fragerei wahnsinnig machen. »Ja, genau! Was gibt es für Techniken? Wie kann man sie trainieren?«

»Du willst das Küssen trainieren?«, fragte Greta und presste die Lippen aufeinander, als hätte sie gerade Labello benutzt.

»Mann, das war doch nur ein Beispiel!«, maulte ich. »Ich meine nur, dass Tests mit nur vier Antworten nicht ausreichen! Verstehst du?«

Greta lächelte mich an. »Du darfst die Tests nicht so ernst nehmen, Pepa.«

Irgendwie fühlte ich mich ertappt. Ich atmete tief aus. Ein kleiner, blonder Junge fuhr mit dem Laufrad durch das leere Planschbecken vor uns, das erst in einigen Wochen mit Wasser gefüllt sein würde.

»Und was soll das Ganze dann überhaupt?!«, wollte ich wissen.

»So ein Test soll vor allen Dingen Spaß machen. Und vielleicht ein bisschen zum Nachdenken anregen. Mehr eigentlich nicht.«

Diese Tests *sollten* also gar keinen richtigen Sinn machen! Gut, dass ich mir noch keine Wüstenrennmäuse angeschafft hatte, wie es der lustige Haustiertest mir neulich empfohlen hatte. Auf alle Fälle hatte Greta es wieder einmal geschafft, von *ihren* Problemen abzulenken! Wie kriegte sie das nur immer hin? Wenigstens schien ich sie zum Lächeln gebracht zu haben.

Ich holte tief Luft: »Egal. Komm, wir fahren in den Park am Gleisdreieck«, schlug ich vor. »Vielleicht sind die Jungs ja auch da.«

»Also bist du doch schon reif für eine Beziehung?«, fragte Greta und zog provozierend eine Augenbraue hoch.

»Wie kommst du denn darauf?«

»Na ja, Nick wird doch sicherlich auch dort sein, oder?«

»Keine Ahnung. Woher soll ich denn das wissen?«

Ich merkte, wie mein Gesicht ganz heiß wurde. Was sollte das? Greta grinste von einem Ohr zum anderen. Dann formte sie einen Kussmund und küsste schmatzend ein paarmal in die Luft.

»Gretel!«, sagte ich drohend.

Greta hasste es, so genannt zu werden. Trotzdem küsste sie weiter.

Jetzt musste ich kontern. Ich sang: »Hänsel und Gretel verliefen sich im Wald ...«

»Oh, nee, ne?!«, rief Greta und hielt sich die Ohren zu.

»Es war so finster und auch so bitterkalt ...«, fuhr ich fort, hielt mir die Augen zu und rieb mich dann an den Armen, wie früher im Kindergarten.

Bono, der die ganze Zeit neben unserer Bank gelegen hatte, setzte sich auf und sah mich interessiert an.

Greta musste lachen und sagte dann: »Du meinst wohl, Pepa und Nick verliefen sich im Wald ...« Sie fing an, sich ganz zart die Oberarme zu streicheln. Dabei schloss sie die Augen und machte wieder einen Kussmund!

Ich ließ mich nicht beirren und fuhr fort: »Sie kamen an ein Häuschen ...«

Inzwischen stand Bono vor mir und jaulte mit.

Greta überlegte kurz und verbesserte mich: »Sie bauten sich ein Häuschen ...«

Ich: »... aus Pfefferkuchen fein.« Dankbar streichelte ich Bono fürs Mitsingen.

Greta: »... bekamen Kinderlein!«

Kinder mit Nick! Ich glaub, ich spinne, dachte ich und boxte Greta in die Seite.

Der kleine, blonde Junge hielt mit seinem Laufrad vor uns an und guckte. Er dachte wohl, hier gebe es eine Vorführung. Jedenfalls ließ er sein Laufrad fallen, fing an, zu klatschen und dabei in die Knie zu gehen.

Schnell drehte ich mich um, um die Lage zu checken. Nicht dass noch jemand aus unserer Schule in der Nähe war, während ich mich hier zum Affen machte! Doch bis auf ein paar Kinder und deren Eltern und die Alkis auf unserer Bank war zum Glück niemand in Sicht. Als ich weitersang, stimmte nicht nur Bono, sondern auch Blondie mit ein. Greta fing an, auf der Bank im Takt dazu zu trommeln. »Wer mag der Herr wohl von diesem Häuschen sein?«, beendete ich das Lied.

»Noch mal!«, rief Blondie und klatschte.

»Oh nee!«, sagte ich.

Doch Blondie lachte, klatschte einfach weiter und rief wieder: »Noch mal!«

»Okay«, willigte ich ein. »Diesmal aber zusammen«, forderte ich ihn auf und stimmte *Hänsel und Gretel* von vorn an. Blondie und Bono machten, so gut es ging, mit, und ich boxte Greta wieder in die Seite, doch die wollte lieber trommeln statt singen. Trotzdem klangen wir gar nicht mal so schlecht.

Und es machte sogar Spaß, zumindest solange uns sonst keiner hörte. Singen gehörte bei uns zu Hause zum Alltag. Meine Mutter sagte immer, ein Tag ohne Lied ist kein Tag. Und wenn sie kochte oder bügelte, sang sie, was ihr gerade in den Sinn kam. Es konnten südamerikanische Volkslieder oder auch aktuelle Charts sein.

Als wir fertig waren, rief Blondie wieder: »Noch mal!«

»Noch mal gibt's nicht!«, sagte Greta und lächelte ihn an. »Die hier«, sagte sie und deutete auf mich, »hat einfach keinen Musikgeschmack, oder?«

Blondie zuckte mit den Schultern. Im Gegensatz zu Greta mochte er wohl *Hänsel und Gretel*.

Auf Kinder hatte Greta eine ähnliche Anziehungskraft wie Secondhandläden auf Romy. Kontakt war unvermeidbar.

Vom Spielplatz steuerte ein Mann auf uns zu.

»Komm her, Tammo«, sagte er und nahm Blondie an der Hand. »Wir gehen nach Hause.« Dann griff er in seine Hosentasche und warf eine Münze in Gretas Mütze, die sie neben sich auf der Bank abgelegt hatte.

Verwundert sahen Greta und ich uns an. Offensichtlich hielt Tammos Vater uns für Straßenmusiker! Greta nahm das Geld, es war ein Fünfzigcentstück, steckte es in ihre Hosentasche und sagte: »Der erste Verdienst in meiner Musikkarriere!« Blondie, der sich immer wieder nach uns umdrehte, rief sie hinterher: »Wenn du schön übst, kannst du mit Musik sogar Geld verdienen.«

Blondie lächelte, und wir winkten ihm zu.

Musik und Freunde machen glücklich, dachte ich.

Vor Gretas Haustür brummte mein Handy – schon wieder eine Nachricht von Jan!

Jan: Wollen wir uns mal wieder treffen?

»Oh nein«, sagte ich zu Greta. »Jan lässt einfach nicht locker!«

Ich: Hab gerade echt viel um die Ohren.

»Sag mal, Pepa. Warum machst du nicht einfach ganz normal Schluss wie jeder andere auch?«, fragte Greta.

»Als wenn *du* ständig Schluss machen würdest!«, erwiderte ich.

Doch sie hörte mir gar nicht zu, sondern baute sich vor mir auf. »Weißt du, was ich denke? Ich denke, du willst Jan nicht wehtun. Und weißt du noch was? Ohne Wehtun geht es nicht! Schlussmachen, egal wie, ist immer verletzend. Ich habe mir dieses Hin und Her zwischen meinen Eltern lange genug angeguckt. Und glaub mir, es wird nicht besser, wenn man's in die Länge zieht.«

Ich fand den Vergleich zwischen mir und Jan und ihren Eltern irgendwie schräg. Schließlich hatten Gretas Eltern drei Kinder und waren schon voll lange ein Paar, während Jan und ich gerade mal ein paar Boote zusammen angeguckt hatten. Trotzdem nickte ich.

Greta sagte: »War schön mit dir«, und verschwand in Richtung Hinterhaus.

»Ich krieg noch fünfundzwanzig Cent!«, rief ich ihr hinterher.

KAPITEL 7

Hoffentlich hatte ich Greta etwas aufgemuntert. Wirklich helfen konnte ich ihr ja nicht. Eltern konnte man schließlich nicht einfach wieder zusammenkleben. Und je länger ich darüber nachdachte, desto mehr gab ich Greta recht. Das mit Jan musste ich wirklich so schnell wie möglich beenden.

Obwohl wir uns seit dem Reinfall vor der Schule in der letzten Woche nicht mehr gesehen hatten, schrieb Jan mir ständig. Außerdem drängelte er auf ein Treffen. Und deshalb nahm ich mir vor, es endlich hinter mich zu bringen. In der Schule waren wir uns nicht ganz einig, ob Schluss machen am Telefon in Ordnung war. Greta fand es zu unpersönlich, Romy fand, in der Not müsste das auch mal gehen, und Josi fand ausnahmsweise einmal gar nichts. Ich wollte nur eins: mich nicht noch einmal mit Jan treffen.

Nach der Schule schob ich meinen Schreibtischstuhl vor meine Zimmertür, damit niemand reinkommen und mich unterbrechen konnte. Dann rief ich Jan auf seinem Handy an. Es klingelte. Nach einer Weile hörte ich seine Stimme.

Jan: Hey! Quatsch mir doch einfach auf die Mailbox. Wenn ich mich nach 24 Stunden noch nicht zurückgemeldet habe, ruf die Seenotrettung. Ahoi.

Schnell legte ich auf. Was sollte das? Ich drückte auf Wahlwiederholung, hörte mir die Ansage noch einmal an und war anschließend auch nicht schlauer. Verwirrt klappte ich meinen Laptop auf, um Seenotrettung zu googeln, und gelangte auf die Seite der Deutschen Gesellschaft zur Rettung Schiffbrüchiger. Ein Mann mit Mütze und Sorgenfalten im Gesicht hielt ein Telefon in der Hand. Außerdem gab es einige Bilder von Schiffen in stürmischer See. Sie erinnerten mich an den Katastrophenfilm *Der Sturm*.

Vielleicht war Segeln doch nicht so langweilig? Ich stellte mir vor, wie Jan weit draußen auf dem Meer um sein Leben kämpfte. Er hätte seine Mannschaft schon in Sicherheit gebracht. Doch um keinen Preis der Welt würde er sein Schiff aufgeben und es dem fiesen Meer überlassen. Bis er aufs Handy blicken und entdecken würde, wer gerade versucht hatte, ihn anzurufen. Er wäre hin und her gerissen, doch der Gedanke an mich würde ihn von Bord und in die rettenden Arme der Gesellschaft der Schiffbrüchigen treiben. Jan als Hero – komische Vorstellung.

Mein Handy klingelte. Es war Jan. Ich holte tief Luft und ging ran.

Pepa: Hallo.

Jan: Hallo, Pepa! Ich konnte eben nicht schnell genug rangehen. Wie geht's?

Pepa: Gut. Bist du gerade segeln?!

Jan: Nein, ich bin zu Hause.

Pepa: Ach so. Gut.

Jan: Schön, dass du anrufst.

Pepa: Ja. Ich wollte dir etwas sagen ...
Es ist so, dass ich nicht nett zu dir war. Aber ich habe echt wenig Zeit, und es wird mir alles zu viel. Das mit dem Tanzen, Schule, Freundinnen und du. Deswegen habe ich mir überlegt, dass es ...

Jan: Pepa, warte mal kurz, meine Mutter will was ... Was?!

Seine Stimme klang plötzlich gedämpft. Wahrscheinlich hatte er die Hand über das Telefon gelegt. Ich hörte Gepolter. Das Handy schien ihm runtergefallen zu sein. Dann war er wieder dran.

Jan: Pepa, ich muss Schluss machen! Irgendetwas stimmt mit Lee nicht ... meinem Hasen. Ich melde mich bei dir, ja?

Pepa: Aber ich muss *auch* Schluss machen!

Jan: Lee liegt auf dem Boden und bewegt sich nicht, aber Luv scheint es gut zu gehen! Ich muss aufhören.

Er legte auf.

Luv und Lee – waren das nicht diese Windseiten beim Segeln, von denen er mir erzählt hatte? Anscheinend waren es auch die Namen von Jans Hasen. Wer hätte gedacht, dass er so ein Tierfreund war und zwei Hasen hatte? Na ja, vielleicht war es auch nur noch einer.

Nach einer Weile vibrierte mein Handy.

Eine Nachricht von Jan!

Jan: Lee ist tot. Und Luv sucht die ganze Zeit das Gehege nach ihm ab.

Ich: Das tut mir leid. Wieso ist er denn gestorben?

Jan: Er war schon alt. Zwölf. Ich habe ihn mit drei bekommen. Melde mich, wenn wir ihn beerdigt haben.

Er klang traurig, voll traurig. Aber das mit dem Schlussmachen hatte er nicht verstanden, sonst hätte er sicher noch etwas dazu gesagt. In diesem Fall würde ich jetzt etwas warten müssen, bevor ich es noch mal versuchen würde. Er trauerte ja schon um Lee, und das wäre ja sonst doppelt fies.

Anstatt beim Sternetanzkurs rumzuhampeln, hatte ich auch die letzten Male lieber von der Bank aus den Jungs beim Handball zugeguckt. Auf dem Weg dahin kam ich heute wieder an Gretas Wohnung vorbei und musste daran denken, wie ich unter ihrem Fenster gestanden und sie singen gehört hatte. Ich hatte ihr direkt ins Herz hören können! So verletzlich hatte sie geklungen, ganz ohne ihr dickes Fell.

Plötzlich bremste ich mit meinem Pennyboard – mir war gerade etwas klar geworden! Auf einmal fühlte ich mich stark und entschlossen wie Katniss aus Panem, wenn sie in die Ferne blickt und dann ihren Bogen spannt. Es war mir plötzlich glasklar, dass ich für den Handball kämpfen würde. Und das nicht etwa, um meine Mutter zu ärgern. Auch wenn sie sicherlich die größte Nuss war, die ich dabei zu knacken hatte. Sondern weil ich es wollte. So wie Romy schauspielern oder Greta Songs schreiben wollte. Wenn ich einen Ball in der Hand hatte, dachte ich nämlich nur an mich und den Ball. Und das war gut so. Schon als kleines Mädchen rannte ich – wie viele andere Kinder auch – während der Halbzeit von Raffas Spiel auf die Spielfläche, meistens mit meinem Vater im Schlepptau. Das Laufen, die Geräusche vom Prellen auf dem Hallenboden, all das fand ich schon immer cool. Ich liebte es, einen Ball zu fassen zu kriegen und ihn – so doll ich konnte – ins Tor zu donnern! Bämm! Adrenalin! Glück!

Rollo hielt gerade ein paar Papiere in der Hand. Ich dachte an Greta und an Katniss, gab mir einen Ruck und ging auf ihn zu. »Kann ich mitmachen?«, fragte ich ihn.

Über seine Brille hinweg sah er mich an. »Ich hätte wetten können, dass das kommt.«

Ich sagte nichts.

»Die Jungs hier sind zwei Jahre älter als du.« Er schüttelte den Kopf. »Die machen dich fertig, Mädchen.«

Ich sagte immer noch nichts.

»Bei den Spielen darfst du eh nicht mitmachen«, fuhr er fort.

»Ich kann doch einfach nur mittrainieren?«, schlug ich vor.

»Warum suchst du dir nicht eine Mädchenmannschaft?«, wollte er wissen.

Gute Frage. Raffas Verein hatte keine Mädchenmannschaft. Und in meiner Klasse kannte ich nur ein Mädchen, das auch Handball spielte: Hanna. Die blöde Freundin von der blöden Lorena mit sicherlich einer blöden Mannschaft. Mit Blöden wollte ich nicht zusammen spielen. Hier in der Nähe gab es auch noch den TSC für Mädchen, aber von denen kannte ich keine. Ich sah zu Boden und antwortete nicht.

In dem Moment kamen Raffa und Nick aus der Umkleidekabine. Nick warf mir einen Ball zu. Ich fing ihn und täuschte an, ihn zurückzuwerfen, stattdessen warf ich ihn zu Raffa.

Rollo beobachtete uns.

»Pass auf, Pepper«, sagte er. »Bevor du hier doof rumsitzt, versuch's einfach. Wir müssen uns eh gerade auf das Beachturnier in Warnemünde vorbereiten, dazu gehen wir raus. Und beim Beachen ist sowieso alles anders.«

Als Rollo gegangen war, kam Raffa auf mich zu.

»Was ist?«, fragte er.

»Ich trainier heute mit«, sagte ich.

»Cool«, sagte er. Raffa wusste, wie sehr ich mich freute. »Aber die Jungs hier nehmen keine Rücksicht«, warnte er mich.

»Ich weiß«, sagte ich und war plötzlich total aufgeregt. »Ich auch nicht.«

Vielleicht hatte Rollo oder Raffa die Jungs schon geimpft, jedenfalls schienen die es ganz normal zu finden, dass ich plötzlich mitmachte. Nur Tarik sagte: »Welcome on board!«, und klatschte mit mir ab, als ich umgezogen in die Halle kam.

Wir gingen nach draußen auf das Beachhandballfeld. Obwohl die Sonne schien, war die Luft ganz frisch. Nur auf Socken spielten wir zu Anfang eine Runde Beachfußball im Sand. Dafür mussten wir uns in einer Reihe aufstellen, wurden abgezählt und in zwei Mannschaften eingeteilt. Ich war die Zweite in der Reihe und daher bei Mannschaft Nummer zwei.

Als Rollo weiter abzählen wollte, rief Nick plötzlich: »Guck mal, ein Fuchs!«, und zeigte mit dem Arm auf die Büsche hinter uns.

Alle sahen sich um, ich konnte aber keinen Fuchs entdecken.

Neben mir gab es Gerangel. Raffa baute sich vor Nick auf, was komisch aussah, denn Nick war ein Stück größer als er. Nick wiederum schubste Raffa von sich. Sie beschuldigten sich gegenseitig, mit der Reihenfolge zu schummeln. Raffa trat Nick vors Schienbein, der stellte ihm ein Bein, und Raffa landete im Sand.

Rollo ging dazwischen. »Hört mal auf mit dem Scheiß! Wir sind hier nicht beim Ringen! Hier geht's ums Aufwärmspiel.

Völlig schnuppe, wer hier mit wem zusammenspielt! Verstanden?!«

Raffa stand auf. Er und Nick würdigten sich keines Blickes.

»So, noch mal. In einer Reihe aufstellen!«, wies Rollo uns an.

Den Blick auf mich gerichtet, schüttelte er den Kopf. Was konnte *ich* denn dafür?!

Nach dem Aufwärmspiel sollten wir den Kempa-Trick und den Drehsprungwurf üben.

Für den Drehsprungwurf musste ich mit dem Ball in der Hand von der Linie abspringen, mich wie eine Schraube nach vorn drehen und vorm Aufkommen aufs Tor werfen. Dabei war es wichtig, sich schnell zu drehen. Ich versuchte, mir vorzustellen, ich sei eine Schraube. Erst lief der Akkuschrauber bei mir auf der niedrigsten Stufe, und die Schraube kam nicht richtig in Gang. Ich landete plump auf dem Boden, ohne überhaupt geworfen zu haben. Doch ich wurde schneller, sodass Tarik am Ende meine Bälle nicht mehr zu fassen bekam.

»Pepper!«, rief er, als er meinen Wurf wieder einmal nicht halten konnte, auf dem Boden im Tor lag und ärgerlich in den Sand schlug. »Wie machst du das?!«

Rollo kam zwischendurch vorbei und lobte mich auch: »Dafür ist es gut, dass du klein und wendig bist. Dann bist du schwer zu decken. Auch, weil du mit links wirfst und dich andersherum drehst.« Er gab mir noch ein paar Tipps zum Absprung und schien zufrieden. »Aber, Pepper, bring lieber die Jungs der anderen Mannschaft durcheinander.«

SPORTCHECK BEACHHANDBALL:

Beachhandball wird barfuß draußen auf einer Sandfläche oder am Strand gespielt, oft mit Musik. Es gibt auch besondere Regeln. Logischerweise wird nicht geprellt, es sind weniger Leute auf dem Feld, es kann ständig gewechselt werden, und vor allem: Manche Tore zählen doppelt ☺☺!!

Nämlich Tore, die durch den **Kempa-Trick** ↗ oder durch den

← **Drehsprungwurf** erzielt werden, oder wenn der **Torwart** ein Tor macht. Bei den meisten Turnieren in Deutschland kann sich jede Gruppe einfach anmelden, egal wie gut sie ist. ☺☺☺

Am Ende des Trainings kamen wir noch einmal alle zusammen und gingen die besonderen Regeln für Beachhandball durch. Die kannte ich schon von Raffas früheren Beachturnieren, bei denen ich oft zugeschaut hatte. Ganz am Schluss kam Rollo noch einmal auf mich zu.

»Pepper«, sagte er und kniff die Augen zusammen. »Du hast dich heute richtig gut geschlagen. Ich will nicht zu viel versprechen, aber: Wenn du nächste Woche noch ordentlich trainierst, kannst du vielleicht in Warnemünde zum Einsatz kommen.«

Wumm! Mein Herz schlug Salto! Damit hatte ich nicht gerechnet.

Ich musste ganz schon blöd geguckt haben, jedenfalls schlug Rollo mir auf die Schulter und sagte: »Trink mal was. Und wunder dich nicht, wenn du Muskelkater hast. Sand ist immer anders als Halle.«

KAPITEL 8

In meinem Kopf ging alles kreuz und quer. Mit den Jungs in Warnemünde zu beachen wäre voll irre. Nie hätte ich damit gerechnet, dass das möglich wäre, ich gehörte offiziell ja noch nicht einmal zur Mannschaft.

Auf dem Weg ins Bad klopfte ich an Raffas Zimmer. Als ich eintrat, stand er in Unterhose vor seinem Kleiderschrank. Auf dem Kopf trug er Hörner.

»Willst du nicht doch mitkommen?«, fragte er. »Das ist doch immer voll lustig! Ben kommt auch mit. Wir gehen als blaue Wikinger.«

»Nein, danke. Hab schon genug Probleme«, sagte ich.

Warum *blaue* Wikinger?, dachte ich, sprach es aber nicht aus, denn mich beschäftigte etwas ganz anderes.

»Glaubst du, es ist eine gute Idee, wenn ich mit zum Beachturnier komme?«, fragte ich.

Raffa zuckte mit den nackten Schultern und sagte: »Warum nicht? Beim Beachen ist alles locker. Da läuft Musik, da ist Party. Und im Notfall spielen da auch Mädchen mit.«

»Wie – im Notfall?«

»Na ja, es gibt natürlich Mädchenmannschaften. Aber ich hab da auch schon mal Mixed-Mannschaften gesehen«, antwortete er. »Allerdings waren das eher so Hobby-Truppen.«

Hobby-Truppen. Hielt er sich etwa für einen Profi?

»Aber wie soll das gehen?«, überlegte ich. »Ich glaub nicht, dass Mama mir erlaubt, überhaupt mitzufahren. Sie versteht ja gar nicht, warum ich nach Warnemünde möchte. Wie soll sie auch? Die denkt wahrscheinlich, ich bin voll auf'm Tanztrip.«

»Frag sie doch mal«, schlug Raffa vor, während er in eine alte Shorts stieg.

Ich setzte mich auf Raffas Bett und schüttelte den Kopf. »Die lässt mich nie mit dir hin! Und wenn ich ihr erzähle, dass ich gerne mitspielen würde, erst recht nicht. Du weißt doch, was sie von Mädchen und Handball hält.«

»Das stimmt allerdings.« Raffa zog sich noch ein altes ärmelloses Oberteil an und guckte zufrieden in den Spiegel.

Verzweifelt sprang ich auf. »Und dass ich einfach mal an der Ostsee entspannen will, kauft sie mir auch nie ab!«

»Mach dir doch nicht solche Gedanken! Da fällt uns bestimmt noch etwas ein. Frag sie erst mal, ob du mit mir mitfahren kannst.«

Ich nickte. Doch war ich skeptisch, dass uns noch etwas einfallen würde. Raffa war ein radikaler Optimist, das musste man ihm lassen. Und meistens kam er auch damit durch.

Auf seinem Schreibtisch lag ein Trinkhorn, das er sich griff, das Band darum fester zuzog und es sich um den Hals hängte. »So. Jetzt muss ich nur noch blau werden.«

Der *Karneval der Kulturen* hatte begonnen. Meine Mutter war total aufgeregt, hatte für sich und ihre Freundinnen nächtelang Kostüme genäht und kaum geschlafen. Als ich meine Sachen fürs Training zusammensuchte, war meine Mutter gerade dabei, sich zu schminken, und trug schon ihr Kostüm. Ich glaube, sie wollte eine Art Vogel darstellen, jedenfalls hatte sie so federähnliche gelb-rosa Dinger an den Armen.

»Na, wie findest du mich?«, fragte sich und flatterte mit einem Flügel.

»Mama, ich muss los zum Tanzen«, log ich. Sofort hatte ich ein schlechtes Gewissen. Schlimm genug, dass ich nicht zu dem von ihr mühselig erkämpften Tanzkurs ging, jetzt log ich sie auch noch an. Aber dass ich es eilig hatte, stimmte.

»Ich find dich gut«, sagte ich deshalb schnell. Und das war nicht gelogen.

»Ich weiß, du musst los. Aber wollen wir nicht noch ein Foto von uns machen?«

»Mama!«, meckerte ich. Meine Mutter wusste genau, dass ich es hasste, fotografiert zu werden.

»Schon gut, schon gut«, lenkte sie ein. »Mach wenigstens eins von mir, ja?« Prüfend blickte sie in den Spiegel. »Komm, wir gehen in den Garten!«, sagte sie fröhlich und drückte mir ihr Handy in die Hand.

Der Dachgarten unserer Wohnanlage war ziemlich groß. Meine Mutter stellte sich vor einen der Bäume, die hier oben wuchsen.

»Irgendwie passt das nicht«, sagte ich, als ich mir das Foto ansah, das ich gerade von ihr gemacht hatte. »Vögel stehen nicht einfach so vor Bäumen …« Ich sah mich um und suchte nach einer geeigneteren Stelle. In dem kleinen Spielbereich stand eine Schaukel.

Vögel fliegen!, dachte ich.

»Komm mal her, Mama.« Ich zog sie in Richtung Spielplatz. »Schaukel ein bisschen und breite dabei die Flügel aus«, schlug ich vor.

Meine Mutter kicherte, kam aber mit, zwängte sich mit ihren Riesenflügeln auf den Sitz und nahm Anschwung.

»Piep, piep!«, rief sie. »Ich kann fliegen!«

Ich musste lachen, versuchte aber stillzuhalten, um ein paar scharfe Fotos hinzubekommen. Die Flügel ausgebreitet, die Bäume im Hintergrund, Wind in den Haaren, hatte meine Mutter das sonnigste Lachen im Gesicht, das ein Vogel verbreiten kann. Mein Vater hatte schon recht. Sie konnte mit ihrem Lachen nicht nur einen Raum, sondern einen ganzen Dachgarten erwärmen.

Ich gab ihr das Handy zurück. »Du siehst wirklich schön aus«, sagte ich und lächelte.

Sie guckte sich die Fotos an und freute sich. »Die sind ja toll geworden, Negrita.«

Ich bekam einen Kuss und mein Herz einen Stich. Lügner verdienten keine Küsse. Vielleicht war jetzt ein guter Zeitpunkt, um sie wegen Warnemünde zu fragen. Ich schloss die Augen und holte kurz Luft. »Mama? Kann ich mit Raffa nach Warnemünde fahren?«

»Willst du gern?« Verwundert sah sie mich an.

Mit großer Mühe hielt ich ihrem Blick stand und hoffte, dass sie nicht bis zur Lüge durchblicken konnte.

»Warum eigentlich nicht?«, fuhr sie fort und lächelte. »Ich sprech mal mit Papa darüber.« Sie zupfte an ihren Flügeln und sagte: »So, Negrita, jetzt muss ich aber los.«

»Ich auch«, sagte ich und nahm meine Sporttasche.

»Holt dich Romy heute nicht ab?«, fragte sie.

»Die ist noch bei den *Sternen* und kommt direkt dahin.«

Ich rief meiner Mutter hinterher: »Viel Spaß, Mama!«

»Danke.« Sie warf mir eine Kusshand zu.

Mir war ganz warm. Wenn das mit Warnemünde tatsächlich klappte, wäre das echt voll toll! Ich flog mit meinem Pennyboard zum Training. Unterwegs zwitscherte es aus den Büschen, und ich sah viele bunt verkleidete Personen in Richtung Kreuzberg zum *Karneval* pilgern. Es war der Freitagabend vor Pfingsten, das lange Wochenende lag vor mir, und es roch, als würde jemand grillen.

Beim Handballtraining lief es gut. Wenn ich mit Druck absprang, klappte das mit dem Drehsprungwurf. Romy kam nach dem Tanzen nach draußen auf den Sandplatz und schaute uns zu.

Als ich dran war, rief sie: »Pepa, du bist die Größte!«, und nachdem ich das Tor gemacht hatte, sprang sie hoch und hüpfte vor Freude im Kreis herum.

Ich ging zu ihr und klatschte mit ihr ab. »Wow, das sah echt super aus!«, fand sie.

»Echt? Kannst du das mal filmen?«, bat ich sie.

»Klar, mach ich!« Sie sah in Richtung Tor hinter mir und rief: »Los, Raffa!«

Raffa zuckte zusammen und fiel kopfüber in den Sand.

Als ich das nächste Mal dran war, nahm Romy meinen Wurf mit ihrem Handy auf.

Nachdem ich mich umgezogen hatte, sah ich mir Romys Aufnahmen an. Abgesehen davon, dass ich immer so einen verbissenen Gesichtsausdruck beim Sprung hatte, fand ich mich gar nicht so schlecht. Raffa schien allerdings heute keinen guten Lauf gehabt zu haben. Er wirkte etwas von der Rolle und guckte einige Male verunsichert in Richtung Kamera. Kein Tor wollte ihm mehr gelingen.

Auf dem Nachhauseweg erzählte ich Romy, dass ich vielleicht mit nach Warnemünde fahren würde.

»Wow, das ist ja toll! Dann kannst du auch mal richtig am Strand relaxen und dir die Sonne auf den Bauch scheinen lassen!«, sagte sie und pikste mich mit ihren Fingern in die Seite.

»Hey«, beschwerte ich mich und hielt ihre Hand fest. »Ich will da nicht rumliegen, ich will Handball spielen.«

»Schon klar«, meinte Romy und wollte mich gerade wieder

kitzeln, als ich sie in die Seite boxte und sie einsah, dass sie im Zweikampf gegen mich keine Chance hatte. So etwas übten die bei ihrem *Sterne*-Tanzkurs wohl nicht.

»Hast du denn deiner Mutter erzählt, dass du nicht nur nach Warnemünde fährst, um Raffa anzufeuern?«, fragte Romy.

»Nee. Das braucht sie ja nicht zu wissen.«

»Warum hat sie eigentlich etwas dagegen, dass du Handball spielst?«, hakte sie nach.

»Sie denkt, Handball sei nur für Jungs.«

»Wahrscheinlich müsste deine Mutter dich einfach mal spielen sehen! Sie müsste schon blind sein, um nicht zu checken, wie viel Spaß dir das macht.«

Darüber dachte ich eine Weile nach. »Ehrlich gesagt, glaub ich nicht, dass sie das groß beeindrucken würde. Meine Mutter ist eher so ein Typ, die meint, dass ich das Gleiche gut finden müsse wie sie.«

Wir waren schon fast bei Romy angekommen. Es war ein wirklich schöner, warmer Frühlingsabend und für halb neun noch ziemlich hell.

»Apropos blind«, sagte Romy und blieb stehen. »Fällt dir etwas an mir auf?«

Ich sah sie an. Romy trug Highwaist-Jeansshorts, die ich aber schon kannte, dazu einen braunen Gürtel, ihre Stiefeletten und ein weißes T-Shirt. Ich entdeckte Gänsehaut an ihren nackten Beinen.

»Du frierst?«, tippte ich.

»Nein!«, wehrte sie sich verwundert.

»Neuer Gürtel?«, riet ich weiter.

»Mensch, Pepa! Der ist doch schon alt …«

Romys Klamotten waren nie älter als sechs Monate. Auch an

den Haaren konnte ich keine Veränderung feststellen – sie trug heute einen Zopf.

Ich zuckte mit den Schultern. »Keine Ahnung.«

»Da kommst du nie drauf!« Sie hüpfte übermütig auf der Stelle. »Ich hab heute am Set tolle Nachrichten bekommen!«

»Echt? Wieso?«

»Ich war total gut, und meine Rolle soll mehr Gewicht bei den *Sternen* bekommen!«

»Das ist ja voll cool! Du wirst noch mal berühmt!«

Romy machte einen Tanzschritt auf mich zu und streckte mir die Hand entgegen, als würde sie mich auffordern.

»Sofia!«, rief sie theatralisch.

Ich musste lachen. Sofia war die Fiese von *Sterne über Berlin*.

»Ich will nicht Sofia sein. Ich will lieber Timo sein«, sagte ich. »Der ist nicht so zickig.«

»Ich mach alles, was du willst, Timo!«, rief sie aus. »Timo, mein kleines Täubchen, komm her zu mir!«

»Hilfe!« Ich flatterte mit den Armen und lief vor ihr weg.

»Täubchen, mein Täubchen!« rief Romy und rannte mir hinterher. Dabei zuckte sie mit dem Kopf vor und zurück wie eine Taube!

»Komm her zu mir, kleine Timo-Taube! Du bist so süß.«

Romy blieb stehen, verharrte kurz und drehte dann nur den Kopf hin und her; dabei blieb ihr Gesichtsausdruck ganz starr – genau wie eine Taube!

Ich lachte und lachte, konnte gar nicht mehr aufhören.

Dann flatterte Romy mit offenen Armen auf mich zu.

Eigentlich konnte ich viel schneller laufen als sie, aber durch meinen Lachflash ging gar nichts mehr!

Romy rief: »Täubchen, mein Timo-Täubchen! Piep, piep, piep!«

Heute schienen alle Vögel sein zu wollen!

»Mensch, Tauben gurren, die piepen nicht!«, rief ich, als ich endlich wieder Luft bekam.

»Gurr, gurr, gurr!« Wieder zuckte Romy mit dem Kopf vor und zurück, flatterte mit den Armen und rollte mit den Augen. »Gurr, gurr, gurr!«

»Du siehst so bescheuert aus!«, gackerte ich und hielt mir den Bauch. »Noch alberner als meine Mutter vorhin. Guck mal, so …« Wie vorhin meine Mutter auf der Schaukel breitete ich die die Flügel aus und schrie: »Piep, piep!«

Die Romy-Taube krümmte sich vor Lachen und musste sich hinsetzen. Plötzlich schien sie etwas hinter mir entdeckt zu haben. Ihr Lachen endete abrupt.

»Hey, Täubchen, biste tot?«, fragte ich, streichelte ihr über den Taubenkopf und versuchte, etwas zu verschnaufen.

Doch Romy antwortete nicht, starrte hinter mich, dann ernst zu Boden und stand auf. Ich drehte mich um, um zu gucken, wer unser schönes Spiel unterbrochen hatte, und erschrak.

KAPITEL 9

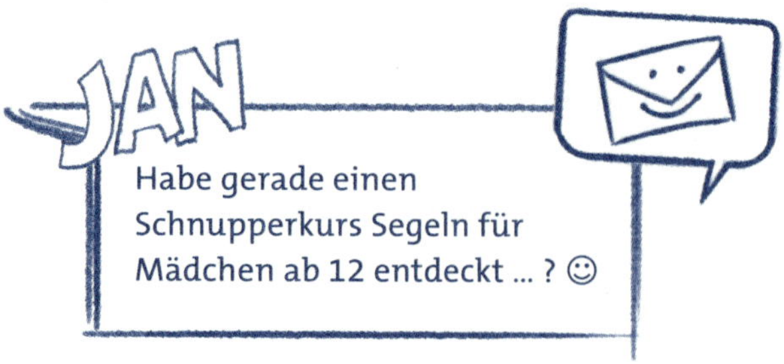

Ein Vogelschwarm stand vor uns, in der Mitte ein gelber Paradiesvogel. Geduckt. Er sah mich und Romy mit großen Augen an.

»Pepa!«, stammelte er, und seine Brust bebte. Die Trauer in seiner Stimme hätte nicht nur einen Dachgarten, sondern einen ganzen Stadtteil zum Weinen bringen können.

»Mama?«, fragte ich entsetzt. »Was machst du denn hier?«

Doch der Paradiesvogel antwortete nicht, drehte sich kraftlos zu seinem Schwarm um und zog mit hängenden Flügeln davon.

Meine Mutter hatte gehört, dass ich über sie gesprochen hatte – und ich hatte schlimme Sachen gesagt! Am liebsten hätte ich mich in den Arsch gebissen! Eigentlich fand ich meine Mutter in ihrem Kostüm wirklich sehr schön. Ich weiß auch nicht, warum ich mich gerade über sie lustig gemacht hatte. Seit dem Moment mit meiner Mutter auf dem Dachgarten war ich doch so glücklich gewesen. Nun schämte ich mich.

»Voll Scheiße!«, rief ich und trat gegen eine Laterne. Tränen stiegen mir in die Augen.

Romy versuchte, mich zu trösten. »Erklär deiner Mutter doch, dass du das nicht so gemeint hast«, sagte sie, als wir später vor meiner Haustür standen. »Wahrscheinlich ist es gar nicht so schlimm, wie du denkst.«

»Kann sein. Es ist nur so: Sie freut sich das ganze Jahr so auf diesen doofen Karneval, und dann mache ich alles kaputt.«

»Meine Mutter würde sagen, man kann nur kaputt machen, was kaputtgehen kann.«

Romys Mutter hatte für vieles gute Sprüche parat.

»Meinst du, *deine* Mutter hätte es nicht verletzt, wenn sie dich über *sie* lästern gehört hätte?«, entgegnete ich.

Romy sah auf den Boden und zog die Pflasterfugen mit den Füßen nach. »Wahrscheinlich schon.«

Eine Weile sagten wir beide kein Wort.

»Hey.« Romy strich mir über den Rücken und lächelte mich an. »Lass uns mal morgen in den Park am Gleisdreieck gehen.«

»Okay«, willigte ich ein.

»Ich muss jetzt in mein Nest«, sagte sie und schloss die Haustür auf. »Gurr, gurr, gurr«, machte das Romy-Täubchen.

Ich nahm mein Pennyboard und machte mich auf den Weg nach Hause.

Regen prasselte an mein Fenster und weckte mich. Ich sah auf die Uhr – schon halb zwölf! Ich hatte voll lange geschlafen! Zum Glück hatte ich nichts vor. Es war der Samstag vor Pfingsten, und Skaten im Gleispark konnten wir bei dem Wetter eh knicken. Ich nahm mein Handy und blieb beim neuen Wolke-Blog hängen. G wie Glück. Das konnte ich wirklich gut gebrauchen.

WWW

WOLKES WEEKLY WISDOM

WAS DAS LEBEN SO BRINGT VON A - Z

G WIE GLÜCK:

Das große G-Wort. Wobei ich ja finde, dass das Wort an sich so nicht richtig passt. Das hat mir irgendwie zu viel mit Zufall zu tun. Aber gut, wir haben nur das, also nehmen wir das auch. Glück ist ja so 'ne Sache. Manchmal fehlt es, und wir wünschen es uns, manchmal ist es da, und wir kapieren's einfach nicht. Außerdem ist das so 'ne Sache mit dem #Glück: Für jeden ist es etwas anderes. Du hast dein Traumhobby gefunden – das ist Glück. Oder das eine geile, allerletzte Oberteil in deiner Größe abgekriegt, das online überall ausverkauft ist. Ich sag mal: Glück ist auch das.

Eigentlich liegt das Glück auf der Straße, wir müssen es nur sehen. Ja, ich weiß, Wolke klingt wieder wie meine Uroma, aber hey: Was #wahrististwahr.

Und deswegen: Augen auf beim Ausverkauf! Und noch was: Glück ist auch, diese ganzen kleinen Sa-

ÜBER MICH

Hallo! Schön, dich zu sehen :) Ich bin Wolke, und hier schreibe ich über alles, was in meinem Leben passiert. Stay cloudy!

MAIL

Ausgehen Deko Fashion Fotos Freunde Lifestyle Shopping Haul Liebe Party Wohnen

chen sehen zu können. Vielleicht habt ihr heute einen guten Chat mit #derBestenFreundin gehabt: Glück.

Oder ihr wart draußen an ’nem #rainyday, und der Regen kam erst, als ihr gerade zur Starbucks-Tür rein seid: Glück.

Oder der eine coole Typ hat gelächelt, sodass ihr ’ne Gänsehaut gekriegt habt, die mal so richtig reingehauen hat: Glück.

Also, ihr seht, es gibt ziemlich viel #Glück, das so auf der Straße rumliegt.

☺

Und wenn gerade nichts rumliegt:
Mach das, was dich #happy macht.

Hat #dieBeste sich nicht gemeldet?
Mach den Chat auf und fang an!
Hat der Typ nicht gelächelt? #seinPech!
Lächle jemand anderen an! (Den NOCH süßeren Typen!)

Bist du vorm Starbucks nass geworden? Der #WetLook ist voll im Trend!

Also, raus aus dem Wolkenbett jetzt und los!

Holt euch das #Glück!

Das war mein #BlogzumMontag #glück #happiness #domoreofwhatmakesyouhappy

Wie immer eure

#staycloudy

Es klopfte.

»Wer ist da?«, fragte ich.

»Ich bin's, Raffa.«

»Komm rein.«

Raffa öffnete vorsichtig die Tür. Er war schon angezogen und hielt ein halbes Marmeladenbrötchen in der Hand.

»Heut wird's wohl nix mit Karneval«, sagte ich und deutete aufs Fenster.

»Mal gucken. Später soll's besser werden.« Er hielt mir das Marmeladenbrötchen hin. »Willst du mal abbeißen?«

Sofort war ich misstrauisch. Wenn Raffa etwas wollte, fing er an, rumzuschleimen.

»Was willst du?«, fragte ich.

»Wieso? Ich dachte, ich guck mal nach dir. Du hast bestimmt Hunger …«

»Witzig!«

Raffa grinste.

»Lieber Bruder, komm zum Punkt, ich bin beschäftigt«, sagte ich, nahm mein Handy und tat so, als ob ich eine Nachricht lesen würde.

Raffa holte sich meinen Schreibtischstuhl und setzte sich zu mir ans Bett. Jetzt war ich aber gespannt.

»Mama dachte ja neulich, du und Romy, ihr seid lesbisch …«

Ich stöhnte, schnappte mir mein Kissen und presste es mir aufs Gesicht. Dieses Thema nervte!

»Aber ich weiß ja, dass du einen Freund hast«, fuhr er fort. Schnell zog ich das Kissen von meinem Gesicht herunter. »Woher?«, fragte ich erstaunt.

»Mama hat's mir erzählt«, gestand er. »Wie heißt er noch?«

»Jan.«

»Jan, genau. Und Romy wollte ja auch schon mal was von Nick.«

»Falsch. Sie wollte was von Ben und dachte, Nick könnte ihr dabei helfen.«

Mein Bruder guckte verwirrt.

»Egal«, sagte ich und winkte ab.

»Weißt du, ich habe mich gefragt, ob Romy vielleicht gerade solo ist?«, rückte er heraus.

»Wieso willst du das denn wissen?!« Ich setzte mich auf.

Raffa hielt mir wieder das Marmeladenbrötchen hin. Als ich kopfschüttelnd ablehnte, schob er sich den Rest in den Mund. Dann streckte er sich und betrachtete seine Bizeps, die er jeden Abend vorm Schlafengehen trainierte.

»Nur so. Ist doch spannend.«

Nach einer Weile stand er auf und schlenderte zur Tür.

»Sag mal, Raffa ...«, hielt ich ihn auf.

»Ja?«

»Hast du Mama heute Morgen schon gesehen?«

»Nee, wieso?«

»Nur so. Ist doch spannend«, antwortete ich. Wieder griff ich nach meinem Handy und checkte dieses Mal wirklich meine Nachrichten.

Eine neue Nachricht von Jan!

Jan: Heute totale Flaute. Was machst du?

Was für ein Stress schon am Morgen!

Als ich hochsah, stand Raffa neben meiner Tür und guckte sich mein Klassenfoto aus der ersten Klasse an, auf dem ich im Rüschenkleidchen und mit grimmigem Gesichtsausdruck neben Romy saß, die ihre rosa Schmetterlings-Schultüte fest umklammert hielt und lachend ihre Milchzähne zeigte.

»Romy und ich haben gespielt, wir seien Tauben«, sagte ich.

»Bei der Einschulung?«, fragte Raffa.

»Nein, gestern Abend. Ich hab mich über Mamas Vogelkostüm lustig gemacht – und Mama hat das mitbekommen.«

»Oha!«, sagte er und schaute betroffen. »Da ist sie ziemlich empfindlich.«

»Genau …«, sagte ich und guckte mir meine Bettdecke an. Darauf waren eine Palme, Strand und ein Fuß von mir zu sehen. Meine Mutter hatte sie mit einem Urlaubsfoto bedrucken lassen und mir zum zwölften Geburtstag geschenkt.

Es regnete den ganzen Tag. Ich schrieb in die Gruppe:

Ich: Gleispark ist zu nass.

Romy: Ja. Josi und ich gehen gleich shoppen. Habt ihr auch Lust?

Ich: Nein, danke.

Greta: Nee, passt nicht.

Josi: Bringen euch was mit. ♥

WENN ES REGNET, ...

Romy: »... gehe ich shoppen! Wenn noch eine Freundin mitkommt ist es am lustigsten. I love it!«

Josi: »... nehm ich mir einen Schirm und meine Punkte-Gummistiefel und sehe mir die Pfützen an. In manchen sieht es aus, als würden kleine unbekannte Wesen auf und ab springen, manche haben wunderschöne Ränder. Wenn der Regen vorbei ist, spiegelt sich der Himmel in ihnen. I love it!«

Greta: »... sind meine Schwestern zu Hause. Am besten ist es dann, die Zimmertür zu schließen, Kopfhörer aufzusetzen und Musik zu hören. I love it!«

Ich (Pepa): »... macht einer bei uns im Wohnzimmer Sky an. Wir gucken Handball, Klettern, Bundesliga, Darts, egal. Wenn nur meine Mutter da ist, gucken wir Katastrophenfilme. I love it!«

Das konnte ja ein tolles Pfingstwochenende werden! Kein Handball, kein Park, nur Regen und dieser Karneval, bei dessen Riesenumzug nicht nur meine Mutter, sondern auch mein Vater und Raffa mitmachen würden. Meine Mutter war anscheinend schon gleich nach dem Frühstück aufgebrochen, um den großen Auftritt ihrer Gruppe vorzubereiten. Doch ihr gelb-rosa Federkostüm, das sie am Abend vorher getragen hatte, hing noch im Bad auf dem Bügel. Erst später würde mein Vater dazustoßen und Raffa mit seinen Freunden sicher erst abends losziehen.

Mein Vater kam vom Einkaufen zurück und schaltete – noch in Jacke und Schuhen – Bundesliga auf Sky an. Die Lebensmittel, die in den Kühlschrank mussten, packte er weg, den Rest ließ er in der Küche stehen. Wir bestellten uns Pizza und machten es uns im Wohnzimmer gemütlich. Dass meine Mutter nicht da war, mussten wir schließlich ausnutzen. Mein Vater saß wie immer in seinem Lieblingssessel, einem Massagestuhl, den er sich im letzten Jahr selbst zu Weihnachten gekauft hatte. Raffa lag auf dem Sofa, und ich hockte mit ein paar dicken Kissen auf dem Boden. Es fühlte sich an wie Ferien. Gerade hatte ich den ersten Bissen von meiner Pizza Salami genommen, da klingelte es wieder. Hatte der Pizzabote etwas vergessen?

Raffas Mund war noch leer, also musste er aufstehen und zur Tür gehen, fanden mein Vater und ich. Nach einer Weile rief Raffa: »Pepa, für dich!«

Vielleicht war es Romy. Mit vollem Mund ging ich zur Tür und hätte mich fast verschluckt! Jan stand im Hausflur und lächelte mich unsicher an.

»Hallo, Pepa«, sagte er.

»Hallo, Jan«, brachte ich heraus.

»Ich dachte, ich guck mal, was du so treibst.«

Ich starrte erst ihn an, dann sah ich an mir herunter. Ich trug meinen dunkelblau-weiß gestreiften Schlafanzug, den ich zu Ostern bekommen hatte. Marine-Look – wie passend!

»Muss kurz mal meine Hände waschen«, murmelte ich und ließ Jan vor der Tür stehen.

Ich rannte nach oben, ich musste Romy anrufen! Scheiße, wo war denn bloß mein Handy?! Unsere Wohnung war groß, sie ging über zwei Etagen. Romy musste mir sofort zu Hilfe kommen! Hastig suchte ich auf meinem Schreibtisch, neben meinem Bett, in und unter meinem Bett. Nirgends konnte ich es finden! Vorhin hatte ich es doch noch gehabt!

Ich lief runter zum Wohnzimmer, an Jan vorbei. Dabei rief ich ihm zu: »Falsche Seife oben ... ich brauch Flüssigseife ...«

Ich fragte meinen Vater und Raffa, die auf den Fernseher starrten: »Wo ist mein Handy?!«

Beide zuckten mit den Schultern.

Im Wohnzimmer war es auch nicht. Kotz! Ich rannte ins Gästeklo, drehte den Wasserhahn auf und versuchte, mich zu beruhigen. Erst einmal nachdenken, sagte ich mir. Zu Hause mit Jan Schluss machen ging nicht. Laut Romy war das ein No-go:

Man konnte zu Hause ja nicht einfach abhauen, falls irgendetwas schiefgehen würde. Wie sollte ich mich jetzt bloß verhalten?

»Pepa?«, rief Jan.

Ich konnte ihn auf gar keinen Fall länger vor der Tür stehen lassen. Also atmete ich tief durch und verließ das Klo.

»Ich hab empfindliche Haut«, sagte ich. »Da muss man lange warten, bis das Wasser lauwarm ist.«

Jan nickte.

Es klingelte in der Tasche meiner Schlafanzughose. Mein Handy!

»'tschuldigung!«, sagte ich zu Jan, wandte mich ab und sah auf das Display: Es war Raffa.

Ich ging ran: »Hallo?«

»Ich bin's, dein Handy …«, säuselte Raffa.

»Okay, danke«, sagte ich und legte auf.

»Ach ja – die lieben Verwandten!«, sagte ich zu Jan. »Warte noch kurz …« Ich wandte mich noch mal ab und schrieb an Romy:

Ich: Komm sofort her! Leben oder Tod!

Dann legte ich mein Handy auf die Garderobenablage.

»So, fertig!«, sagte ich.

Jan trat von einem Bein aufs andere. »Wie gesagt, ich wollte mal gucken, was du so machst. Ich dachte, vielleicht bist du ja auch beim Tanzen.«

Ich nahm mir meine Jacke und trat zu Jan ins Treppenhaus. Wir setzten uns auf die Stufen.

»Du hast vorhin gar nicht geantwortet«, sagte Jan.

»Stimmt. Das war wegen … wegen des *Karnevals der Kulturen*. Da müssen wir immer viel vorbereiten und so.«

»Echt? Na, das passt ja! Guck mal, die habe ich uns mitgebracht.« Er holte zwei Batman-Masken aus seiner Tüte und setzte eine auf.

Dachte Jan ernsthaft, ich ginge mit ihm als Batman zum Karneval?! Im Partnerlook?!

»Vielleicht hast du ja Lust, mit mir 'ne Runde über den Karneval zu drehen«, meinte Jan.

»Es regnet!«, antwortete ich und deutete mit der Hand zum Fenster.

»Schon. Aber weiter hinten kann man im Westen schon den blauen Himmel sehen. Und wir haben Westwind!«

Wie konnte man nur so hartnäckig sein?! Jan war irgendwie wirklich wie Batman.

Hinter unserer Wohnungstür hörte ich mein Handy klingeln. Das war bestimmt Romy!

»Dein Handy?«, fragte Batman.

Ich nickte.

In der Eile hatte ich meinen Schlüssel nicht mit rausgenommen und konnte deshalb nicht rein und rangehen.

Dann hörte ich unsere Türklingel und Raffa, wie er in die Gegensprechanlage redete. Unten im Treppenhaus ging der Türsummer. Ich lauschte und erkannte am Ton ihrer Stiefeletten – es war Romy! Die Rettung nahte!

Romy kam um den Treppenabsatz und sah mich aufgeregt und außer Atem an. Sie hatte sich wirklich beeilt, ungeschminkt stand sie da. Ein Engel in der Not.

Verstört sah sie Jan an, der nahm sofort seine Maske ab. Romy lachte und fragte: »Hallo, ihr beiden, stör ich? Eigentlich wollte ich ja heute shoppen, aber dann dachte ich, ich guck mal kurz vorbei …«

Erleichtert nahm ich sie zur Begrüßung in den Arm. Mit Jan klatschte Romy ab, dann öffnete Raffa die Wohnungstür und begrüßte sie. »Sagt mal, wollt ihr nicht reinkommen? Im Flur ist es ganz schön ungemütlich«, schlug er vor.

Nervös zupfte Romy an ihren ungekämmten Haaren und spazierte dann in unsere Wohnung. Jan und ich hinterher.

»Wollt ihr was trinken?«, fragte Raffa.

So gastfreundlich kannte ich ihn gar nicht. Nachdem wir uns alle in die Küche gesetzt und ein Getränk bekommen hatten, sagte Jan zu meinem Bruder: »Ich hab gehört, du spielst Handball.«

»Genau«, sagte Raffa. Dann mit einem Blick zur Küchentür: »Und momentan trainiert Pepa auch manchmal mit.«

»Echt?« Überrascht sah Jan mich an.

Ich fühlte mich erwischt und sagte: »Ja, manchmal, wenn Tanzen langweilig ist.«

»Nächstes Wochenende haben wir in Warnemünde ein Beachturnier«, sagte Raffa. »Wenn du Pepa mal spielen sehen willst, musst du da hinkommen.«

Es folgten die grauenvollsten Sätze des Nachmittags.

Jan sagte: »Das passt ja super! Ich bin eh in Rostock zum Segeln. Dann komm ich mal vorbei!«

Ich brauchte eine Weile, um das zu verdauen.

»Sind da überhaupt Zuschauer erlaubt?!«, fragte ich Raffa in der Hoffnung, dass er Nein sagen würde.

»Klar«, antwortete der. »Da ist richtig Stimmung, mit Party und allem. Willst du nicht auch kommen?«, fragte er Romy.

Romy wurde rot. Sie zuckte mit den Schultern. »Also, ich weiß nicht … Also, ich …« Sie stotterte.

Ich hatte Romy noch nie stotternd erlebt. Sie sah mich hilflos an. Sollte ich mir jetzt etwa für sie eine Ausrede ausdenken?

»Vielleicht haben Greta und Josi auch Lust?«, fragte sie mich und zupfte wieder an ihren Haaren herum. »Was meinst du?«

»Was wollt ihr denn da alle!«, rief ich – und das war keine Frage.

»Spaß haben«, sagte Raffa und strahlte Romy an.

Romy strahlte zurück.

Ich fühlte mich über den Tisch gezogen!

Keine Ahnung, warum mich meine beste Freundin jetzt im Stich ließ! Sie hätte sich doch irgendetwas einfallen lassen können. Sie hätte sagen können: Jan, das ist nichts für uns. Lass uns lieber hierbleiben und ein Familientreffen machen. Mit lecker Kuchen und so. Romy war schließlich mit Jan verwandt, wenn auch nur entfernt. Doch Romy sagte nichts dergleichen.

Die anderen sprachen weiter, doch ich hörte nicht mehr zu. Obwohl ich zwischen ihnen saß, war ich doch ganz allein. Ich würde es nie schaffen, mich von Jan zu trennen. Es war einfach zu schwer.

Irgendwann ging Romy nach Hause. Und als es aufhörte zu regnen, zog ich mich um und ging mit Jan zum Karneval. Er wich nicht von meiner Seite. Wir liefen die ganze Zeit mit den Batman-Masken herum. Es war voll auf dem Straßenfest, sodass es zum Glück nicht infrage kam, sich an der Hand zu halten. Ich beschloss, nicht mehr über mich und Jan nachzudenken. Stattdessen sah ich mir die Menschen in ihren Kostümen an, all die Löwen, Drachen und Giraffen, Zauberer, dazu noch die afrikanischen Trommler und Frauen in Minibikinis mit Blumen auf dem Kopf. Doch diese Menschenmassen, diese vielen lachenden Gesichter, das war alles einfach zu viel für mich.

Ein Fotograf kam auf uns zu und fragte, ob er ein Foto von uns machen könnte. Ich sagte nichts, doch Jan nickte freudig.

Fotograf: »Eure Masken sehen echt cool aus.« Klick. »Seid ihr ein Paar?« Klick.

Jan: »Ja.«

Fotograf: »Könntet ihr euch vielleicht küssen?« Klick. Klick.

Jan: »Also, ich weiß nicht …« Fragend sah er mich an.

Fotograf: »Das würde toll aussehen mit euren Masken, hinter euch die Monster.« Er zeigte auf eine Gruppe gruselig Verkleideter hinter uns.

Jan zuckte mit den Schultern. »Von mir aus …«

Nein!, dachte ich, sagte aber nichts.

Der Fotograf nickte uns auffordernd zu, sodass sich Jan
zu mir hinunterbeugte und die Augen schloss.

Klick. Klick. Klick.

Das hier war falsch! Erste Küsse sollten so nicht sein! Panisch kniff ich die Augen zu und drehte den Kopf weg. Jans Mund erwischte mein Ohr, ich hörte ein lautes Schmatzen. Außerdem wurde es nass.

Offenbar erschrak auch Jan, denn als ich die Augen öffnete, wischte er sich mit der Hand den Mund ab.

Der Fotograf sagte: »Da müsst ihr wohl noch ein bisschen üben, was?«, klopfte Jan auf die Schulter und verschwand in der Menge.

Ich blickte nach oben, um Luft zu kriegen. Am Himmel sah ich einen Vogelschwarm weit entfernt vorbeiziehen. Zu Jan sagte ich, dass ich sofort nach Hause müsse. Er bestand darauf, mich zu begleiten. Ich ging so schnell wie möglich, doch es dauerte eine gefühlte Ewigkeit, bis wir endlich da waren. Jan erzählte mir auf dem Weg irgendetwas, doch ich hörte nicht zu. In meinen Ohren rauschte es. Vor unserer Tür ließ ich mich von Jan in den Arm nehmen.

Sobald ich oben war, ging ich in mein Zimmer, zog mich aus und legte mich ins Bett. Dieser Tag heute war falsch! Solche Tage durfte es nicht geben!

Ich dachte an die Zukunft und sah mein künftiges Leben vor mir liegen. Die Wochenenden würde ich mit Jan am Wannsee verbringen. Wir hätten Windjacken im Partnerlook und würden jedes Jahr zum Karneval nach Kreuzberg gehen. Wir hätten ein Einfamilienhaus mit Teich und drei blonde Kinder, die Jan, Jan und Jan hießen. Im Haus hingen Fotos von unseren Segelbooten und von unseren verkleideten Kindern beim Fasching. An jedem Geburtstag würde ich von Jan einen weiteren Bootsanhänger für mein Bettelarmband bekommen. In unserem Garten wären überall so Metalldinger im Boden, die anzeigten, woher der Wind kam. Und wenn ich tot wäre, würde meine Asche genau unter so einem Metallding vergraben werden.

Über mein Gesicht liefen Tränen. Ich fror. Irgendwann stand ich auf, um nach meinem Lieblingspulli zu suchen. Ich fand ihn in meiner Sporttasche. Beim Rausholen stieß ich auf den Handball. Ich zog den Pulli über, griff kurzerhand nach dem Ball und ging wieder ins Bett. Den Ball vorm Bauch umklammert, schlief ich endlich ein.

KAPITEL 10

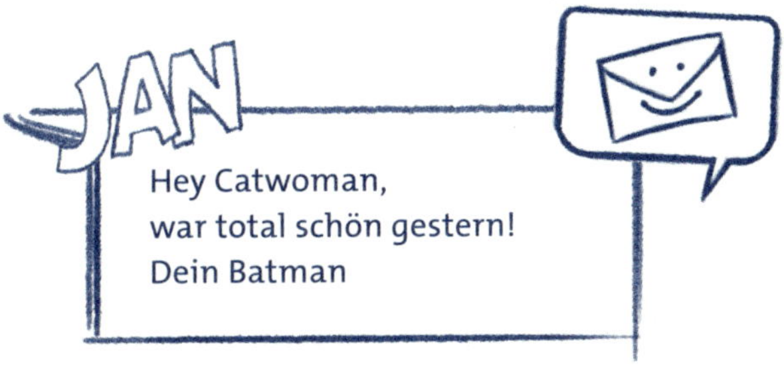

Ich war noch nie in Warnemünde gewesen. In meiner Vorstellung gab es dort schäumende Ostseewellen, strahlende Sonne und einen weißen Strand voller lachender Handballspieler.In Berlin sah es momentan ganz anders aus. Es war trübes Wetter, und wegen meiner Halsschmerzen konnte ich nicht zum letzten Training vor Warnemünde gehen. Bestimmt hatte ich mich beim Karneval erkältet.

Gegen die Halsschmerzen kochte meine Mutter eine Hühnersuppe zum Abendbrot. Raffa kam spät vom Training. Gern hätte ich gewusst, wie es heute beim Training gelaufen war, doch das musste warten. Nach dem Nachtisch wollte ich so schnell wie möglich aufstehen, um in Ruhe mit Raffa zu sprechen, als mein Vater uns bat, sitzen zu bleiben.

»Wir haben eine Überraschung für euch«, sagte er. Er sah zu meiner Mutter hinüber, die die Hände gefaltet hatte, dann wieder zu uns.

»Wisst ihr was?« Mein Vater klatschte in die Hände. »Wir

dachten, es wäre schön, mal wieder etwas als Familie zu unternehmen.«

Raffa und ich guckten uns vielsagend an. Wir dachten beide das Gleiche: Bitte nicht der Zoo! Mein Vater liebte den Zoo. Bis ich ungefähr zehn war, hatte ich mich auch noch dafür begeistern können. Seitdem nicht mehr.

UNSERE FAMILIENAUSFLÜGE

Mein Vater
will in den Zoo, wandern oder essen gehen

Raffa
will ins Planetarium – sogar bei 35 Grad!

Meine Mutter
will Stoffe für den Karneval kaufen oder ins Kino

Ich (Pepa)
mag Bouldern oder die Karaokebar.

Meistens wandern wir durch den Zoo und gehen dann essen …

»Wir hatten die Idee, dass wir alle zusammen zu Raffas Turnier nach Warnemünde fahren könnten. Ein paar Tage am Meer tun uns sicher gut.« Mein Vater grinste wie ein Weihnachtsmann. »Mama hat erzählt, du hast auch Lust«, sagte er zu mir, und Raffa eröffnete er strahlend: »Dein persönlicher Fanclub kommt mit!«

Ich schob meine leere Nachtischschüssel zur Seite. Raffa sah mich erwartungsvoll an. Sollte *ich* jetzt sagen, dass ich mitspielen würde, oder was?! Wie stellte er sich das vor? Wie sollte ich ihnen denn bitte verklickern, dass ich dort nicht nur zuschauen wollte? Das war schließlich Raffas Job. Ich hatte noch genau im Ohr, wie er neulich gesagt hatte: ›Ach, da fällt uns bestimmt noch etwas ein. Das klappt schon.‹ Das war jetzt die Gelegenheit für *ihn*, sich etwas einfallen zu lassen. Doch Raffa schwieg.

»Wie soll das gehen?!«, brachte ich schließlich heraus. »Wir können da doch nicht alle mit Raffa zusammen im Zelt schlafen!«

Insgeheim hoffte ich natürlich, dass meine Mutter beim Gedanken ans Zelten zurückschrecken und meinen Vater zum Hierbleiben überreden würde. Dann könnte ich allein mitfahren, und die beiden bräuchten nie zu erfahren, dass ich mitspielen würde.

»Wolltest du etwa mit den Jungs im Zelt schlafen?«, fragte mich meine Mutter und musterte mich skeptisch.

Sie stand auf und fing an, den Tisch abzuräumen. »Ich habe uns zwei Zimmer in der Jugendherberge dort gebucht«, sagte sie.

»Und was ist mit Romy? Die wollte doch auch mit!«, warf Raffa ein.

Meine Eltern sahen sich an.

»Na, die kriegen wir auch noch unter, oder?«, fragte mein Vater in die Runde. »Die kann doch bei Pepa mit im Zimmer schlafen.«

Ich wurde hier wohl wieder gar nicht mehr gefragt! Jetzt durfte ich zwar nach Warnemünde, hatte aber meine Eltern am Hals! Ich nahm meine Schüssel, stellte sie in die Geschirrspülmaschine und ging in mein Zimmer. Ich hörte meinen Vater noch fragen: »Was hat sie denn?«, und Raffa antworten: »Pubertät.«

Später kam Raffa in mein Zimmer.

»Ich hab Pubertät, oder was?!«, donnerte ich ihm entgegen. »Wie soll ich Mama und Papa denn bitte erklären, dass ich da mitspiele?«

»Jetzt beruhig dich mal«, sagte er. »Das geht schon irgendwie.«

»Genau. Ich geh einfach aufs Feld und mache mit, oder was?!«, witzelte ich. »Spontane Handballleidenschaft!«

»Keine schlechte Idee. Vielleicht kann man es ja auch so drehen, dass dein Einsatz nach einem plötzlichen Einfall von Rollo aussieht«, schlug er vor. »Quasi als Überraschung.«

»So 'n Quatsch!«, sagte ich, dachte aber trotzdem darüber nach.

Das Gute war, dass meine Mutter nichts vom Handball verstand. Sie würde es wahrscheinlich nicht einmal merken, dass ich trainiert hatte. Mein Vater aber schon! Und der würde es auch nicht witzig finden, wenn er erfahren würde, dass ich das alles geheim gehalten hatte. Die ganze Sache gefiel mir nicht.

Später bekam ich eine Nachricht von Jan:

Jan: Morgen soll schönes Wetter sein.
Hast du Lust auf einen Segeltörn?

Oh nein – bitte nicht! Ich wollte nicht segeln. Wenn ich schon mit Jan zusammenblieb, sollten wir dazu übergehen, spannendere Sachen zu machen. Ich überlegte. Vielleicht hatte Jan noch nie etwas außer Segeln ausprobiert und wusste gar nicht, dass es Lustigeres gab, zum Beispiel Skaten oder *Juicy Lucy*?

Ich: Wenn's trocken ist, geh ich skaten.
Kommst du mit?

Jan: Ich hab kein Skateboard.

Ich: Kann dir eines von Raffa leihen.

Jan: Habe aber keinen Helm und keine Schützer.

Pepa: Kann ich dir auch leihen.

Eine Weile antwortete er nicht. Schließlich schrieb er.

Jan: Lass mal lieber was anderes machen. Habe ja am Wochenende die Regatta und will mich nicht noch verletzen.

Pepa: Okay.

Jan: Hast du Lust, mit mir auf die *Renate Angelika* zu gehen? Das ist ein Ausstellungsboot.

Wahrscheinlich war das ernst gemeint.

Pepa: Vielleicht gehen wir zu *Juicy Lucy*? Das ist unser Smoothieladen hier um die Ecke am Boxi.

Jan: Haben die auch andere Sachen?

Pepa: Klar.

Jan: Wann soll ich dich abholen?

Pepa: Halb vier?

Jan: Okay. ☺

Die Sonne schien, und meine Halsschmerzen waren besser. Jan holte mich ab, und zusammen gingen wir in Richtung Boxi.

»Ist Lucy eine Freundin von dir?«, fragte er.

»Fast«, sagte ich und musste bei der Vorstellung grinsen. Denn der Inhaber von *Juicy Lucy* war ein Mann. Er hieß Lucius und war schon etwas älter.

Schon früher war ich häufig mit meinen Eltern dort gewesen. Inzwischen war es der Lieblingstreffpunkt von mir, Romy und Greta. Im letzten Winter hatten wir es unser Wohnzimmer genannt, weil wir so oft da gewesen waren.

»Dein Bruder meinte neulich, dass du mit den Jungs Handball spielst. Wie kommt's?«, fragte Jan unterwegs.

»Das ist total kompliziert«, antwortete ich.

Jan schien auf weitere Erklärungen zu warten. Als aber nichts mehr von mir kam, sagte er: »Ich freu mich darauf, dir mal zuzusehen.«

»Wieso?«

»Keine Ahnung. Ich kann mir vorstellen, Handball passt zu dir.«

Jan konnte richtig nett sein.

»Na, vielleicht darf ich ja wirklich in Warnemünde mitspielen«, sagte ich.

Bei *Juicy Lucy* angekommen, studierte Jan die Karte vor der Tür. »Was nimmst denn du so?«, wollte er wissen.

»Erdbeer-Smoothie«, antwortete ich. »Wie immer.«

»Wie schmeckt das?« Kritisch guckte er durch die offene Tür in den Laden.

»Schmeckt nach Erdbeeren«, sagte ich und trat ein.

»Hola, Pepa!«, begrüßte mich Lucius. Er konnte ein bisschen Spanisch. »Cómo estás?«

»Gut geht's.«

»Wie immer?«, fragte er.

»Wie immer«, antwortete ich.

»Und der junge Mann?«, fragte er in Richtung Jan, der sich neben mich gestellt hatte.

Doch anstatt die Bestellung aufzugeben, trat Jan noch einen Schritt vor, streckte Lucius die Hand entgegen und sagte: »Jan. Pepas Freund. Schön, Sie kennenzulernen.«

Ich zuckte zusammen.

Lucius sah kurz in meine Richtung, trocknete sich dann die Hände an einem Handtuch ab und nahm Jans Hand.

»Gleichfalls«, sagte er.

Am liebsten wäre ich sofort rausgerannt.

Lucius sah mich neugierig an. »Tu novio?«, und deutete mit dem Kopf in Richtung Jan.

Ob Jan mein fester Freund war? Ich zuckte mit den Schultern und nickte.

»Ich nehme das Gleiche wie Pepa«, sagte Jan.

»Jedem, wie's gefällt«, antwortete Lucius und lächelte. »Zwei Erdbeer-Smoothies – kommt sofort!«

Während Lucius unsere Smoothies machte, kramte ich in meiner Jackentasche nach Geld.

Ohne mich anzusehen, sagte Lucius: »Lass mal stecken, Pepa. Das geht heut aufs Haus.«

Überrascht sah ich hoch. Lucius hatte uns schon öfter eingeladen, zum Beispiel an Gretas Geburtstag. Heute war mir das aber unangenehm. Denn es gab nichts zu feiern.

»Oh, danke«, sagte Jan.

Als er fertig war, überreichte Lucius uns die Getränke, grinste und sagte: »Rot wie die Liebe!«

Mann, war das peinlich! Ich fühlte, wie ich selbst rot wurde.

Beim Rausgehen hatte ich den Eindruck, dass Lucius uns hinterhersah. Wozu hatte Jan sagen müssen, dass er mein Freund war?! Was sollte Lucius jetzt von mir denken? Und dann immer diese Nummer von Jan mit dem Händeschütteln. Das war doch aus dem letzten Jahrhundert! So was würde allerhöchstens meiner Mutter gefallen. Gut, dass wir nicht skaten gegangen waren! Sonst hätte er *dort* allen die Hand gegeben.

Mit unseren Smoothies in der Hand gingen wir ein Stück.

»Guck mal, da macht Josis Mutter bald ihren Friseursalon auf.« Ich zeigte auf den Laden, dessen Schaufenster zugeklebt waren. NEUERÖFFNUNG war auf einem Schild zu lesen.

»Gute Lage«, sagte Jan, schob seine Unterlippe vor und nickte.

Das mochte ich nicht. Dieses fachmännische Nicken wirkte so arrogant.

Wir setzten uns auf die Bank, auf der ich neulich schon mit Greta gesessen hatte. Jan erzählte von Luv und dass er jetzt gar nicht mehr herumhoppelte, ganz ohne Lee. Er hockte immer nur in seinem Häuschen und kam nicht mehr heraus. Fressen wollte er auch nicht richtig. Jan zeigte mir ein paar Fotos, auf denen Luv allein vor ein paar Salatblättern saß.

»Willst du dir denn jetzt einen neuen Hasen kaufen?«, fragte ich ihn.

»Nein«, sagte er. »Lee kann man nicht ersetzen.« Jan holte tief Luft. »Ist gut, dass ich am Wochenende nach Rostock fahre. Da bin ich mal etwas abgelenkt.« Er atmete aus und wirkte richtig mitgenommen.

Irgendwann brachen wir auf, weil ich noch Sachen packen musste.

Bei mir angekommen, sagte er: »War lecker, der Smoothie. Wir sehen uns in Warnemünde!«

»Alles klar«, sagte ich und schloss die Tür auf. »Tschüss, mach's gut!«, rief ich ihm zu, als ich reinging.

Beim Aussteigen aus dem Fahrstuhl oben fiel mir auf, dass wir uns zum Abschied gar nicht umarmt hatten. Ich hatte es einfach vergessen.

So als Kumpel wäre Jan eigentlich voll in Ordnung, dachte ich. Dann würde er sich auch nicht überall als mein Freund vorstellen. Wahrscheinlich würde Jan trotzdem allen die Hand geben. Das wäre aber lange nicht so peinlich, weil er dann ja nicht mein Freund wäre, sondern nur ein schräger Kumpel, der gern Hände schüttelte.

KAPITEL 11

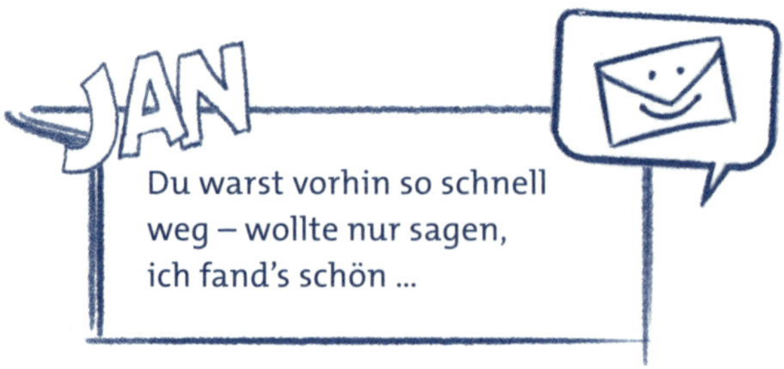

In der Schule konnte ich mich nicht richtig konzentrieren, denn schon am Nachmittag sollte es losgehen.

Romy hatte in die WhatsApp-Gruppe gefragt, ob Greta und Josi nicht auch mit nach Warnemünde kommen wollten. Doch Greta konnte nicht. Sie hatte Konzertkarten für U2. Das war so eine alte Band, zu der sie mit ihrem Vater hingehen wollte. Voll doof. Bei dem Problem mit meinen Eltern konnte ich wirklich gut Unterstützung gebrauchen. Und mit Greta hätte ich das irgendwie durchgestanden.

Stattdessen kam Finde-ich-auch-Josi mit.

Und Romy? Raffa schien sich irgendwie für sie zu interessieren. Und ich wurde das Gefühl nicht los, dass es Romy in Warnemünde eher um ihn als um mich ging. Dabei war Raffa mein Bruder! Warum musste sie sich gerade ihn ausgucken? Und Romy sollte lieber *mir* als Freundin zur Seite stehen, anstatt mit Raffa rumzuflirten.

Jan wollte zwischendurch mal mit seinem Laser-Boot aus

Rostock angesegelt kommen. Vielleicht würde er mit mir wieder Händchen halten wollen. Oder Schlimmeres. Er wäre jedenfalls auch keine Hilfe.

Das alles hatte ich mir jedenfalls anders vorgestellt. Ich überlegte, lieber zu Hause zu bleiben. Warnemünde war zu riskant. Denn ich hatte immer noch keine Idee, wie ich meinen Eltern erklären sollte, warum ich sie so lange belogen hatte. Wenn das auffliegen würde, wäre unser aller Wochenende versaut. Mindestens.

Vielleicht sollte ich übers Wochenende wirklich besser in Berlin bleiben. Ich könnte ja zu Greta und bei Bono im Körbchen schlafen.

Warnemünde kann mich mal!, dachte ich. Ich sage ab, fahr einfach nicht mit. Ich hab ja schließlich auch Halsschmerzen.

Genau! Entschlossen schlug ich auf den Tisch.

»Hast du eine Idee, Pepa?«, fragte Herr Gänger.

»Ja«, rutschte es mir heraus.

Meine Idee bezog sich aber nicht auf den Unterricht.

»Gut. Dann stelle uns doch mal deine Idee zur Funktion der Chloroplasten vor!«

»Die kennt noch nicht mal die Funktion von Hormonen«, rief Lorena, und Hanna und Kadir lachten.

Warum hatte ich bloß auf den Tisch gehauen? Was sollte ich denn jetzt sagen?! Hilfe suchend sah ich mich um.

Josi flüsterte: »Fotosynthese.«

»Also, ich habe mich nur gerade gefragt, ob die Pflanzen in Warnemünde auch Fotosynthese betreiben«, sagte ich, um Zeit zu gewinnen.

»Du meinst die unter Wasser?«, fragte Herr Gänger.

»Genau«, sagte ich.

»Die im Salzwasser im Meer?«, bohrte er weiter.

»Genau. Die ganzen Pflanzen im Meer von Warnemünde …«, sagte ich.

Herr Gänger lächelte zufrieden und wollte gerade wieder ansetzen, als ich »… und natürlich auch die Pflanzen in den Vasen dort, die sind ja auch unter Wasser, irgendwie« hinzufügte.

Herr Gänger guckte verwirrt.

Greta trat mir unter dem Tisch auf den Fuß. Als ich sie ansah, zeigte sie auf ihren geschlossenen Mund. Das hieß: Klappe halten!

Herr Gänger räusperte sich. »Bleiben wir einfach mal bei deiner ersten Frage. Hat jemand dazu eine Idee? Wie betreiben die Pflanzen im Meer Fotosynthese?«

Er sah in die Runde. Es meldete sich keiner. Sein Blick blieb wieder an mir hängen. Daraufhin hob Greta die Hand – dafür hätte ich sie umarmen können!

»Greta!«, sagte Herr Gänger erfreut.

»Also, wenn ich 'ne Alge in der Ostsee wäre, würde ich es genauso machen wie die Pflanzen an Land.«

»Und was würdest du dann mit dem produzierten Sauerstoff machen?« Herr Gänger war hartnäckig.

Greta zuckte mit den Schultern. »Das wär mir als Alge ziemlich schnuppe.«

»Und wenn du Greta Sandberg wärst?

Dann sollte dir das nicht so schnuppe sein. Nächste Woche schreiben wir nämlich die Arbeit.«

»Also, wenn ich als Greta Sandberg in der Ostsee rumhängen würde …«

Jetzt lachte die ganze Klasse.

»… und Sauerstoff übrig hätte, dann … dann würde ich den Sauerstoff dem Meer …« Sie guckte unsicher in meine Richtung, denn normalerweise war Bio eines meiner Lieblingsfächer.

Ich zwinkerte ihr einmal zur Bestätigung zu.

»… schenken. Da würde ich mich nicht lumpen lassen«, beendete sie ihren Satz.

»Geht doch«, sagte Herr Gänger zufrieden.

Es klingelte zur Pause.

Auf dem Weg zurück zum Klassenraum wandte ich mich an sie: »Du, Greta?«

»Ja.«

»Kann ich vielleicht bei dir schlafen übers Wochenende?«

Greta blieb stehen. »Wie jetzt? Willst du dich etwa drücken?!«

»Wieso?«, fragte ich unschuldig. »Du meinst wegen Warnemünde?«

Sie legte den Kopf schief und sah mich prüfend an. Greta sollte später mal Staatsanwältin werden.

»Nein«, fuhr ich fort. »Ich hab nur ein bisschen Halsschmerzen.« Ich fasste mich an den Hals und räusperte mich.

Greta hob die Augenbrauen und rührte sich nicht von der Stelle. Inzwischen waren auch Romy und Josi stehen geblieben und warteten weiter hinten im Gang auf uns.

»Ich dachte nur, etwas Ruhe wäre gut. Für uns beide natürlich«, versicherte ich ihr.

Greta machte sich langsam wieder auf den Weg.

»Bei mir gibt's keine Ruhe, Pepa«, sagte Greta. »Heute Abend sind Lilly und Lina da, und morgen bin ich beim Konzert.«

Wie liefen nebeneinander her. »Außerdem hab dir doch schon neulich zu sagen versucht«, fuhr sie fort, »dass du dich nicht ewig drücken kannst. Werd endlich erwachsen, Pepa!«

»Ich bin dreizehn! Außerdem hab ich Halsschmerzen!«, wehrte ich mich. Inzwischen waren wir bei Romy und Josi angelangt. »Das ist voll gemein«, beklagte ich mich.

»Finde ich auch«, sagte Josi. Hatte sie überhaupt mitbekommen, worum es ging?

»Finde ich auch, finde ich auch!« Greta stapfte voraus und schüttelte dabei verärgert den Kopf. Dann blieb sie stehen und drehte sich zu mir: »Ganz ehrlich: Ich würde nichts lieber machen, als mit euch nach Warnemünde zu fahren! Im Gegensatz zu dir fänd ich' s nämlich richtig cool. Zufällig aber habe ich verdammt viel Geld für meine U2-Karte bezahlt, und zufällig muss ich mal wieder auf meine Schwestern aufpassen!« Dann stapfte sie weiter.

Im Klassenraum angekommen, setzten wir uns hin und sagten eine Weile kein Wort. Romy hatte Erdbeeren dabei und bot uns welche an. Wir nahmen alle eine und aßen schweigend.

Schließlich meinte Josi: »Nächstes Mal fahren wir einfach alle zusammen. Okay?«

Ich nickte, Romy nickte, und irgendwann nickte sogar Greta.

KAPITEL 12

Nach der Schule ging es los. Mein Vater war der Fahrer, und Romy durfte nach vorn, weil ihr beim Autofahren immer schlecht wird. Hinter meinem Vater saß ich, in der Mitte meine Mutter, Josi rechts daneben. Raffa war mit der Mannschaft schon vorgefahren.

Meine Mutter hatte gestern Abend noch ganz viel Obst für die Mannschaft eingekauft. Für uns hatte sie Chivitos vorbereitet, Brote mit Fleisch, Salat und Ei, die sie während der Fahrt an uns verteilte. Romy aß sicherheitshalber lieber nichts, steckte sich aber eines für später ein. Josi interessierte sich für das Rezept von den Chivitos. Das hatte ich schon so oft gehört, dass ich es Wort für Wort hätte mitsprechen können.

Dann strich meine Mutter Josi über die Haare: »Du hast schöne Haare, Josefine. Und so schön geflochten!«

Josi hatte kleine, blöde Zöpfe an den Seiten festgesteckt.

»Die hat mir meine Mutter heute Morgen gemacht.«

»Wirklich?«, fragte meine Mutter. »Wie schön! Ich würde Pepa auch gerne Zöpfe flechten, doch die hat sich als kleines Mädchen schon geweigert.« Sie strich auch über meine Haare und seufzte.

»Mama!«, sagte ich drohend und schüttelte sie ab.

»Wo arbeitet denn deine Mutter, Josi?«, fragte meine Mutter.

»Sie ist Friseurin und gerade dabei, ihren eigenen Salon aufzumachen. Direkt am Boxi.«

»Ach, wie schön!«, rief meine Mutter.

Sie unterhielten sich über Friseure und Frisuren, über Klamotten und Schuhabsätze, über Josis Poncho, Fransen, Glitzersteinchen, Ohrgehänge und über tausend andere Sachen. Man konnte den Eindruck gewinnen, meine Mutter und Josi seien beste Freundinnen.

Für meine Mutter wäre es sicher besser gewesen, sie hätte eine Tochter wie Josi. Wäre Josi an meiner Stelle, hätte sie sicher auch keine Geheimnisse vor ihr. Und bestimmt hätte Josi auch nicht diesen schönen Moment mit meiner Mutter auf unserem Dachgarten im Nachhinein kaputt gemacht.

Hätte, hätte, Fahrradkette, dachte ich und suchte nach den Kopfhörern für mein Handy. Vielleicht würde mir Musik helfen, mich etwas zu entspannen. Meine Jackentaschen waren leer. Mist! Die Kopfhörer lagen sicher noch zu Hause neben meinem Bett.

Meine Mutter sagte gerade: »Weißt du eigentlich, dass Pepa eine Kurzform von Josepha ist?«

»Echt?«

»Ja. Die Namen Josefine und Pepa haben die gleiche Herkunft.«

»Wusste ich gar nicht. Pepa und Josefine klingen doch ganz schön unterschiedlich.«

Ich holte tief Luft.

»Ist dein Hals noch nicht besser, Negrita?«, fragte meine Mutter.

»Der Hals ist okay«, antwortete ich.

»Wollen wir mal Pause machen?«, fragte mein Vater.

»Warum nicht?«, meinte Romy.

»Können wir Plätze tauschen, Romy?«, fragte ich sie. »Mir ist auch übel.«

Bei der Rast tauschten Romy und ich die Plätze. Besser gesagt, sie saß hinten in der Mitte, wo vorher meine Mutter gesessen hatte, damit sie noch geradeaus aus dem Fenster schauen konnte. Das half auch bei Reiseübelkeit.

Als wir weiterfuhren, erkundigte sich meine Mutter bei Josi: »Sag mal, von wo genau seid ihr denn hergezogen?«

»Aus Golzow in Brandenburg«, sagte Josi.

»Kenn ich nicht. Wie heißt denn der nächste größere Ort?«, fragte meine Mutter.

»Gibt es nicht«, sagte Josi.

»Krass!«, fand Romy.

»Schlimm, alles zurückzulassen, oder?«, fragte meine Mutter.

»Nein«, antwortete Josi. »Das geht.«

»Aber deine Familie vermisst doch sicher ihre Heimat?!«

Meine Mutter sprach oft über ihre alte Heimat Uruguay.

»Was uns wichtig ist, haben wir mitgenommen«, erklärte Josi. Ihr Tonfall hatte sich verändert. Sie klang wie Raffa nach einem verlorenen Handballspiel.

Die Stille im Auto war plötzlich unangenehm.

Irgendwann sagte Romy: »Ich freu mich schon so auf den Strand! Hoffentlich gibt's in Warnemünde auch Bikinis. Meiner vom letzten Jahr geht gar nicht – völlig ausgeleiert.«

»Hab zur Not auch noch einen mit«, sagte Josi. »Vielleicht passt er dir.«

Schon wieder diese Stille.

Mein Vater sagte: »Ich kann euch doch gleich am Strand absetzen, dann checken wir in der Zwischenzeit schon ein. Was haltet ihr davon?« Er sah in den Rückspiegel.

Bloß raus aus diesem Auto, dachte ich und sagte: »Warum nicht?«

»Cool«, sagte Romy.

»Finde ich auch«, sagte Josi.

Meine Mutter sagte nichts.

Nachdem mein Vater uns abgesetzt hatte, durchquerten wir ein kleines Waldstück in Richtung Strand. Viele Jugendliche kamen uns entgegen. Noch ein Stück durch die Dünen, dann, als wir schließlich oben waren, lag es blau vor uns – das Meer! Schnell zogen wir unsere Schuhe aus und rannten zum Wasser. Die Ostsee war kalt, der Sand aber weich und glatt. Die Sonne schien hier und da durch die Wolken und erhellte einige Stellen weit

hinten im Meer. Der Himmel spiegelte sich im Wasser, denn das Meer war ruhig. Nur vorn an der Wasserkante bildeten kleine Schaumkronen weiße Linien, die gegen unsere Füße spülten. Etwas weiter weg konnte man schon die markierten Handballfelder für das Turnier erkennen. Dahinter ragte ein Leuchtturm empor.

Wir setzten uns in den trockenen Sand weiter oben auf den Dünen, wo auch viele andere Jugendliche waren. Neben uns hörte eine Gruppe Musik und trank Bier. Bestimmt waren es auch Handballer.

Romy und Josi hatten sich auf Josis Poncho gelegt, und auch ich zog meine Jacke aus und legte mich darauf, schloss die Augen und lauschte dem Meer. Möwen schrien in der Ferne.

Die Musik nebenan wurde lauter. Es klang voll super, so fröhlich und rockig.

Füll die Sonne in die Flasche
Nimm 'nen Schluck vom Glücksgefühl
Sommerfeeling in der Tasche
Nur der Pool ist heute kühl
Yeah yeah, ooh yeah, yeah yeah

Ich öffnete die Augen. Die Stimme der Sängerin kam mir bekannt vor. Und einige hatten angefangen zu tanzen.

Plötzlich öffneten sich die Wolken, und die Sonne tauchte den Strand in orangefarbenes Licht. Der Lichtstreifen kam von rechts über den Strand gerast, und als er bei uns war, fühlte man auch seine Wärme.

Romy und Josi begannen, eine Sandburg zu bauen. Richtig mit Tunneln und Straßen.

»Hello, Sunshine!«, rief Romy und warf eine Handvoll Sand in die flachen Sonnenstrahlen, sodass es einen Moment lang aussah, als würde es regnen.

Schade, dass Greta nicht hier ist!, dachte ich. Schnell zog ich mein Handy aus der Tasche, machte ein Foto und schickte es ihr. Der Streifen Sonne ging so schnell, wie er gekommen war.

KAPITEL 13

Beim Frühstück am nächsten Morgen hatte ich überhaupt keinen Hunger. Ich war viel zu aufgeregt. Würde mich Rollo überhaupt spielen lassen?

Wir hatten in der Jugendherberge übernachtet, und ich saß mit Romy und Josi vor meinem Tablett und brachte nichts herunter. Der Frühstückssaal war voll, obwohl die meisten Handballer sicherlich wie Raffa zelteten.

Romy stieß mich in die Seite, rieb sich die Hände und sagte: »Mann, ich bin so aufgeregt, als würde ich gleich selbst spielen! Wie willst du denn jetzt deinen Eltern erklären, dass du mitmachst?«

»Keine Ahnung. Raffa meint, wir können es ja nach einem spontanen Einfall von Rollo aussehen lassen«, sagte ich.

»Das kaufen die euch nie ab«, sagte Romy.

Wie ermutigend.

»Andererseits«, fuhr sie fort, »wenn du erst mal auf dem Spielfeld bist, werden sie dich kaum davon wieder runterholen, oder?«

»Genau«, hoffte ich.

Doch irgendwann war das Spiel ja auch vorbei, und ich konnte schließlich nicht ewig auf dem Spielfeld bleiben, um meinen Eltern aus dem Wege zu gehen. Ich stellte mir vor, wie ich noch im Winter dort stehen würde, in kurzer Hose, quasi als gefrorene Statue.

Romy nahm einen Löffel von ihrem Früchtequark. Im Gegensatz zu mir schien sie Appetit für zwei zu haben.

Meine Eltern kamen mit ihren Tabletts und setzten sich zu uns. »Guten Morgen!«, sagten sie.

Sie hatten im Raum nebenan geschlafen. Und obwohl mein Vater noch recht müde aussah, schienen beide bester Laune zu sein. Meine Mutter hatte sich ausnahmsweise sogar etwas Obstquark zu ihrem Kaffee geholt.

»Schmeckt es dir nicht?«, fragte sie, den Blick auf mein Frühstück gerichtet, von dem ich noch nichts angerührt hatte.

»Doch.«

Ich biss in ein trockenes Brötchen und nahm einen Schluck von meinem Orangensaft. Unserer zu Hause schmeckte besser.

Meine Mutter hatte sich neben Josi gesetzt. Sofort fingen beide wieder an zu quatschen. So viel gut gelaunte Einigkeit am frühen Morgen! Meine Mutter probierte Josis Poncho an – als wäre sie vierzehn! –, und Romy machte ein Foto von ihr. Voll peinlich!

KLEIDERTAUSCH ZWISCHEN MUTTER UND TOCHTER?

PROS

- mehr Auswahl
- spart Geld
- man muss nicht so oft shoppen gehen
- Mütter haben oft ganz weiche Bademäntel
- im Kleiderschrank der Mutter gibt es Socken, die zusammenpassen

CONS

- verliehene Klamotten stinken nach Parfüm
- Mutter zieht mit deiner Jeansshorts los! Zum Einkaufen!
- Mutter meint, die neuesten Nikes bräuchtest du nicht, sie hatte auch noch Turnschuhe (ja: Turnschuhe!)
- Mutter will Kleiderschrank der Tochter aufräumen
- Viele Sachen von der Mutter sind so dermaßen Nineties

Ein Stück neben uns war ein Tisch, an dem drei Mädchen saßen, die ungefähr so alt waren wie wir. Sie trugen alle die gleichen Trainingsanzüge, schienen aber verletzt zu sein. Ein Mädchen trug eine Plastikschiene am Bein und hatte es auf einem Stuhl hochgelegt. Bei einer anderen war die Hand getaped. Als sie mit dem Frühstück fertig waren und hinausgingen, sah ich, dass die Dritte humpelte. Vielleicht waren sie mitgekommen, um ihre Mitspielerinnen beim Beachturnier anzufeuern. Toll.

Meine Mutter deutete mit dem Kopf in deren Richtung und sagte zu meinem Vater: »Handball ist wirklich ein brutaler Sport. Das ist doch nichts für Mädchen!« Die Stirn meiner Mutter lag in Falten, während sie den Kopf schüttelte.

Darauf hatte ich jetzt echt keine Lust! Ich stand auf, um mein Tablett wegzubringen.

»Finde ich nicht«, sagte Josi zu meiner Mutter.

Ich verharrte im Stehen.

»Ich finde Handball *gerade* toll für Mädchen«, fuhr Josi fort.

Ich setzte mich wieder.

»Wirklich? Warum denn?«, fragte meine Mutter interessiert.

»Mannschaftssportarten sind super. Da ist man nie allein. Handball wurde sogar ursprünglich mal für Mädchen oder Frauen erfunden.«

Das wusste sie doch von *mir*! Das hatte *ich* Josi mal erzählt.

»Tatsächlich?« Meine Mutter schien überrascht.

Josi nickte. »Ich bin gerade auf der Suche nach einer Mannschaft in Berlin. Handball spiele ich total gern.« Sie lächelte meiner Mutter zu.

Ich musste husten und hätte mich fast verschluckt! Romy klopfte mir auf den Rücken. Irritiert sahen wir uns an.

»Echt?«, fragte Romy vorsichtig. »Das wusste ich gar nicht.«

Josi beim Handball? – Nie im Leben! Im Sportunterricht hatte ich sie noch nie freiwillig einen Ball in die Hand nehmen sehen.

Meine Mutter fragte: »Hast du denn schon früher mal in einer Mannschaft gespielt?«

»Nein«, sagte Josi.

Genau wie wir schien auch meine Mutter auf eine weitere Erklärung von Josi zu warten. Es folgte aber keine.

Immer stärker hatte ich das Gefühl, ich sollte anfangen, Josi genauer zuzuhören.

Wir standen alle im Sand bei der Markierung des Spielfelds. Neben und hinter uns waren weitere Felder, auf denen schon gespielt wurde, und von überall her tönten Pfiffe und Rufe. Etwas weiter weg war für die Finalrunden sogar eine Tribüne um ein Spielfeld aufgebaut. Dort lief auch Musik und verbreitete Beachstimmung.

Neben uns standen nur wenige Zuschauer, aber es saßen noch einige Spieler aus anderen Mannschaften ein paar Meter entfernt im Sand, die sich vermutlich gerade von ihrem letzten Spiel erholen und uns zuschauen wollten. Ich trug eine kurze Sporthose, Flip-Flops und ein Top.

Dass ich Sportsachen anhatte, war nichts Ungewöhnliches, und meine Eltern bemerkten es wahrscheinlich nicht einmal. Kurz vor dem Spiel brachte mir Raffa unser Mannschaftstrikot. Er sagte extra laut, so, dass es alle hören konnten: »Bei uns bekommen die treuesten Fans sogar ein Trikot.«

Musste er das so laut sagen?! Das war doch total auffällig! Ich drehte mich langsam in Richtung meiner Eltern, doch die hatten uns zum Glück den Rücken zugewandt. Mein Vater hatte den Arm um meine Mutter gelegt und zeigte mit dem anderen in Richtung Horizont. Wahrscheinlich sprachen sie gerade über das Containerschiff, das in der Ferne zu sehen war.

Auf dem Trikot stand *Flossenkugeln* – das war unser Name bei diesem Turnier und sollte Handball auf Berlinerisch heißen.

So weit, so gut.

Unsere ersten Gegner nannten sich *Sandsäcke* und kamen aus Rostock. Kurz bevor es losgehen sollte, zeigte ein Spieler von denen auf mich. Er war lang und schlaksig, trug ganz kurze Haare, und sein Hals war breiter als der Kopf. Er sprach mit seinem Mitspieler, einem stämmigen Blonden, und lachte.

Der Blonde stimmte mit ein, und der Lange rief in unsere Richtung: »Komm, wir holen uns auch mal ein paar Muschis zu Hilfe! Allein schaffen wir das nicht.«

Raffa und Nick, die schon auf dem Platz standen, stürmten sofort auf die beiden los, aber Rollo rief sie zurück: »Konzentriert euch, Jungs! Nicht provozieren lassen! Wir wollen schließlich gewinnen!«

Für einen kurzen Moment war ich froh, dass Greta nicht hier war. Hätte sie das gehört, wäre sie sofort auf das Feld gestürmt und hätte eine Revolte für die Emanzipation der Frauen ausgerufen.

Anpfiff. Ein dunkelhäutiger Spieler der *Sandsäcke* hatte gerade den Ball. Doch Nick hatte seinen Gegenspieler im Griff. Ohne

Grund – der Ball war ganz woanders – lief Raffa plötzlich auf den Langen zu und wollte ihm wohl gerade eine reinhauen, als der Blonde ihn von hinten festhielt. Es gab Gerangel, Pfiffe, Raffas Nase blutete. Der Blonde bekam eine rote, Raffa eine gelbe Karte.

Rollo stöhnte und fasste sich an den Kopf. Es war noch nicht mal ein Angriff zustande gekommen, geschweige denn ein Tor gefallen, doch eine gelbe Karte hatten wir schon!

Beim Anblick von Raffas Blut fiel meine Mutter fast in Ohnmacht, lief zu ihm und begleitete ihn zur Erste-Hilfe-Station.

Im Vorübergehen flüsterte er mir aufgebracht zu: »Lass dir nichts gefallen! Hörst du?!«

Ich nickte.

Rollo sah sich nach Ersatz für Raffa um. Sein Blick blieb an mir hängen, er rief: »Pepper!«, und winkte mich heran.

Schnell zog ich meine Flip-Flops aus und lief barfuß aufs Spielfeld. Einige aus der Mannschaft klatschten mit mir ab, und Nick begrüßte mich mit Daumen hoch.

Ich hatte mich so oft gefragt, was passieren würde, wenn ich tatsächlich eingewechselt werden würde. Wie würden meine Eltern und die Zuschauer reagieren? Würde ein Raunen zu hören sein, wären manche geschockt? Eine Zeit lang hatte ich sogar befürchtet, dass meine Mutter aufs Feld rennen und mich wegzerren würde. Doch die war ja gerade nicht da, und ansonsten passierte auch rein gar nichts. Der Schiri pfiff einfach das Spiel wieder an, und alle Spieler machten weiter wie bisher. Der Lange und der Blonde hielten die Klappe, und einige ihrer Mannschaftskameraden guckten mich kurz an, brachten sich dann aber in Stellung. Und ich? Ich konzentrierte mich voll aufs Spiel. Ich stellte mich ganz rechts außen hin, wie ich es mit Rollo im Training besprochen und geübt hatte. Das, was außerhalb des Spielfelds geschah, nahm ich nicht mehr wahr.

Eine Zeit lang waren wir ungefähr gleich stark, dann machte der Torwart der *Sandsäcke* zwei Tore hintereinander – auch die zählten doppelt, und bumms!, lagen wir 5:7 zurück! Obwohl ich mich immer wieder freilief, spielte mir keiner den Ball zu. Nick wurde in der Mitte so gut gedeckt, dass er kaum jemanden anspielen konnte. Ich war wütend.

In der Halbzeit stieß Raffa wieder zu uns, seine Nase war zum Glück nicht gebrochen! Rollo holte uns zusammen. Aus dem Augenwinkel sah ich, dass meine Mutter mit meinem Vater diskutierte und in meine Richtung deutete. Mein Vater guckte zu mir – kurz trafen sich unsere Blicke – und sah mich fragend an! Schnell sah ich weg und entdeckte Jan! Er stand neben Romy und winkte mir zu. Nur kurz winkte ich zurück, denn Rollo versuchte, mir, Raffa und Nick einen Spielzug klarzumachen, bei dem die beiden einen Kempa antäuschen, ich aber dann den Ball bekommen sollte. Ich verstand kein Wort.

Als es losging, sah mich Raffa zweifelnd an. »Hast du's verstanden?«, fragte er.

Ich schüttelte den Kopf.

»Macht nichts. Achte einfach auf Nick. Und wenn er dir den Ball zuwirft, mach ein Tor.«

»Mit oder ohne Drehsprungwurf?«

»Egal. Hauptsache Tor.«

»Okay.«

Das waren klare Worte.

Ich achtete nur auf Nick. Wir warfen uns den Ball zu, dann sah ich Raffa anlaufen und abspringen. Nick fixierte ihn und täuschte einen Pass auf den fliegenden Raffa an. Gleich zwei Abwehrspieler der anderen sprangen mit in den Kreis. Dann zog Nick überraschend den Ball zurück und spielte ihn, ohne hinzugucken, seitlich zu mir. Ich lief los, fing den Ball, sprang hoch, drehte mich, zack, drin, Tor! Ich hatte es wirklich geschafft! Ich hatte mein allererstes richtiges Tor gemacht!

Und es gab sogar zwei Punkte! Nun stand es 7:7! Glücklich rappelte ich mich auf und blickte an den Spielfeldrand.

Seine Arme nach oben gestreckt, drehte sich Rollo jubelnd in alle Richtungen. Romy und Josi kreischten, und auch meine Eltern klatschten und wirkten überrascht. Jan stand ein paar Schritte entfernt und klatschte ebenfalls.

Nach einem Tor musste jeder Spieler erst einmal raus. Ich lief zu Rollo und den anderen Auswechselspielern, und zusammen feuerten wir unsere Mannschaft an.

Bei unserem nächsten Tor, es stand jetzt 8:7, rief Rollo: »Pepper, komm, noch mal! Versuch dich daran zu erinnern, was ich dir gesagt habe.«

Unsicher sah ich in Richtung meiner Mutter. Hatte sie das gehört? Wenn, konnte ich es jetzt eh nicht mehr ändern. Also lief ich aufs Feld und versuchte, mich nur aufs Spiel zu konzentrieren. Doch für einen neuen Drehsprungwurf wurde ich zu gut gedeckt. Mist! Ich wollte Rollo auf keinen Fall enttäuschen. Wir lagen nun 15:16 zurück und hatten nur noch knapp dreißig Sekunden zu spielen. Doch ich bekam noch einmal den Ball. Als ich mich Hilfe suchend umsah, gab Tarik mir ein Zeichen. Ich täuschte einen Wurf aufs Tor an, spielte ihn stattdessen aber zu Tarik, der von hinten angelaufen kam, den Ball fing und ihn ins Tor warf! Es stand 17:16, und das Spiel wurde abgepfiffen! Wir hatten gewonnen!

Erleichtert hörte ich Rollo aufschreien. Die *Sandsäcke* guckten ziemlich doof aus der Wäsche – ich hatte sie überrascht! Klein Pepa aus Friedrichshain trickst die fiesen *Sandsäcke* aus Rostock aus!

Tarik lief auf mich zu und breitete die Arme aus. Plötzlich besann er sich anders, hob die Hand und klatschte mit mir ab. »Super Anspiel!«, lobte er.

Rollo stürmte aufs Spielfeld, und die Jungs liefen auf ihn zu, zusammen bildeten sie einen Kreis und fassten sich an den Schultern. Dann hielten sie inne, Tarik und Nick rannten zu mir und zogen mich mit in den Kreis, und zusammen sangen wir »Die *Flossenkugeln* sind die besten, oh-la-la-la!«. Dabei stapften wir im Kreis herum. Meine Füße im Sand waren die kleinsten, die Sonne schien durch die Wolken, und ich konnte das Meer riechen. Es roch schön salzig.

Nach einer Weile löste ich mich aus der Runde. Ich wollte zu den anderen. Romy und Josi liefen gleich auf mich zu, Romy nahm mich in den Arm, und Josi hüpfte vor Aufregung auf und ab. Danach kam auch meine Mutter. Sie sagte: »Toll, Negrita!«, und mein Vater drückte mich fest an sich. Etwas steif trat auch Jan dazu und sagte: »Echt super, Pepa!« Er gab mir die Hand! – bestimmt, weil meine Eltern dabei waren. Raffa und Nick kamen angerannt und wurden von meinen Freundinnen und Eltern umarmt. Danach umarmten sich auch noch alle gegenseitig, mein Vater sogar Rollo und Jan.

Ich freute mich, dass sie alle jubelten und genauso begeistert waren wie ich. Ich schloss die Augen, um diesen Moment einzuatmen. Mein Leben erschien mir auf einmal völlig verändert. Denn noch nie hatte ich mich so richtig gefühlt wie gerade eben auf dem Spielfeld. Und ich wusste so doll, wie man etwas nur wissen konnte, dass ich dieses Gefühl nicht mehr verlieren wollte.

KAPITEL 14

Jan wartete ein paar Schritte weiter auf mich, sein Handy in der Hand. Als ich zu ihm ging, nahm er mich etwas unbeholfen in den Arm und fragte: »Na? Hat es Spaß gemacht?«

»Klar«, sagte ich.

»Du, ich muss gleich los. Bei uns geht's auch weiter ... Aber allein dein Tor war es wert, zu kommen.«

Von hinten rief jemand: »Pepper?«

Ich drehte mich um. Es war Rollo, der mich zu sich winkte. »Hast du mal kurz Zeit, Pepper? Ich würde dir gern jemanden vorstellen.«

Ich sah Jan an, der nickte.

Wir gingen zu Rollo, und der führte uns zu einem Typen, der ein paar Meter hinter ihm stand. Er war so um die vierzig, hatte

nicht mehr viele Haare auf dem Kopf, dafür ziemlich buschige Augenbrauen und einen langen, dunklen Bart, den er mit einem Zopfgummi unter dem Kinn zusammengebunden trug.

»Das ist Ansgar«, sagte Rollo. »Er trainiert die weibliche C-Jugend vom Berliner TSC.«

»Hallöchen. Du bist Pepper?«, fragte der mit dem Zopfgummi, hielt mir die Hand hin und sah mich interessiert mit freundlichen Augen an.

»Pepa oder Pepper«, antwortete ich und schüttelte seine Hand.

»Ick geb dir mal meene Karte.« Er zog eine Visitenkarte aus seinem Portemonnaie und reichte sie mir. »Komm doch mal bei uns vorbei!« Er klopfte mir auf die Schulter und wandte sich dann wieder Rollo zu.

Zusammen mit Jan sah ich mir die Karte an.

Jan warf einen Blick auf sein Handy. »Du, ich muss wirklich los, die legen sonst ohne mich ab! Ich melde mich«, rief Jan, während er in Richtung Straße verschwand.

Ich stand da und schaute ihm hinterher, wie er immer kleiner wurde. Er drehte sich nicht noch mal um.

Als ich zurück zu den anderen ging, kam Raffa auf mich zu. Er sagte: »Pass auf. Hier ist gerade was schiefgelaufen.«

Ich ahnte, was folgen würde.

»Mama hat mit Rollo gesprochen … Ich glaub, sie weiß Bescheid.«

»Scheiße!«, sagte ich und sah mich suchend um. Ich musste unbedingt zu ihr!

Raffa schüttelte den Kopf und sagte: »Sie ist gegangen. Zusammen mit Papa.«

Wir blieben noch eine weitere Nacht in der Jugendherberge, doch meine Mutter sprach nur noch das Nötigste.

Beim Frühstück setzte sie sich demonstrativ mit meinem Vater einen Tisch weiter weg und ließ Romy, Josi und mich allein frühstücken.

Inzwischen wussten die natürlich auch Bescheid, dass meine Eltern sauer waren. Als ich auf dem Rückweg vom Frühstücksbuffet an ihrem Tisch vorbeikam, sah ich, dass meine Mutter heute wieder nichts gegessen hatte. Seeluft machte nicht jeden hungrig.

Während der Autofahrt saß sie vorn neben meinem Vater, und nach einer Weile unerträglicher Stille stellte der zum Glück das Hörbuch der *Tribute von Panem* an. Doch auch zu Hause, als Romy und Josi weg waren, sprach meine Mutter nicht viel. Was hatte Rollo ihnen nur erzählt? Vielleicht hatte mein Vater meiner Mutter auch geraten, lieber noch eine Nacht darüber zu schlafen, bevor sie mit mir redete. Sie konnte ziemlich aufbrausend sein, wenn sie wütend war. Nachdem meine Mutter früh ins Bett gegangen war, machte er sich ein Bier auf und guckte schweigend *Tatort.*

Auf meinem Bett liegend, ließ ich mir das Wochenende noch einmal durch den Kopf gehen. Es war so viel passiert! Josi hatte sich merkwürdig verhalten. Und Jan? Ich hatte mich richtig gefreut, dass er zugeguckt hatte. Trotzdem war ich froh, dass er mich nicht vor den anderen umarmt oder sonst irgendwelche pärchenmäßigen Aktionen gemacht hatte. Am längsten dachte ich über das Spiel nach. Die Entscheidungen im Spiel mussten in Bruchteilen von Sekunden gefällt werden. Man hatte einfach keine Zeit zum Nachdenken. Da half es nur, auf seinen Bauch zu hören. Warum konnte man andere Entscheidungen in seinem Leben nicht genauso schnell treffen? Warum mussten sie sich manchmal so lange hinziehen?

Ich nahm mein Handy aus der Tasche und sah nach, ob mir Jan schon geschrieben hatte. Hatte er nicht. Stattdessen hatte mir Romy eine Aufnahme von meinem Drehsprungwurf geschickt. Als ich sie ansah, fand ich, dass ich mich dabei ganz schön schnell drehte – wirklich wie ein Akkuschrauber. Ich war schon ein bisschen stolz.

Der Film endete abrupt, nachdem der Ball im Tor gelandet war, die Kamera war auf den Torwart der *Sandsäcke* fokussiert. Er sah so verzweifelt aus! Als hätte ich nicht das Tor, sondern ihn getroffen. Währenddessen hatte ich das gar nicht mitbekommen. Das tat mir leid. Ich kannte noch nicht einmal seinen Namen.

Ich nahm einen Schluck aus meiner Trinkflasche. Iiih! Das schmeckte nicht mehr, die Kohlensäure war raus. Ich stand auf, um mir aus der Küche etwas zu trinken zu holen, da fiel mein Blick aus meinem Fenster über die Dächer Berlins. Romy sagte immer, ich hätte wirklich einen majestätischen Ausblick. Während ich hinausschaute, kam mir ein Gedanke, der mich irgendwie erschreckte. Wenn ich noch mal in Warnemünde wäre, wenn ich wieder die Chance hätte, den Torwart durch mein Tor zu verletzen, dann würde ich es wieder tun! Das war Teil des Spiels. Das wusste der Torwart genau wie ich und alle anderen, die Handball spielten oder Wettkämpfe bestritten. Gewinnen und Verlieren, das gehörte einfach dazu. Ohne Verlieren konnte man nicht gewinnen und andersherum. Bei diesen Gedanken schlug mir komischerweise das Herz bis zum Hals. Ich presste die Lippen aufeinander und schloss die Augen. Denn mit dem Handball war es ein bisschen so wie mit Jan. Manchmal musste man andere verletzen, um selbst weiterzukommen. Ohne ging es eben nicht! Das hieß logischerweise: Egal wann, wie oder wo – ich würde ihn so oder so verletzen. Dagegen konnte ich gar nichts machen. Bei der Vorstellung schossen mir Tränen in die Augen. Gleichzeitig fühlte ich mich auch irgendwie erleichtert. Zu wissen, dass es nur einen Weg gab, um aus dem ganzen Mist rauszukommen, machte es einfacher. Statt in die Küche ging ich ins Bad, nahm viele Schlucke aus dem Wasserhahn und wusch mir das Gesicht mit kaltem Wasser.

Als ich am nächsten Tag nach der Schule nach Hause kam, saß meine Mutter am Esstisch und las Zeitung. Wie immer.

Raffa und ich aßen mittags oft, was abends übrig geblieben war. Wenn er aber nicht da war, ich also allein aß, blätterte meine Mutter häufig in Zeitschriften herum und trank dabei ihren Mate-Tee. Meine Mutter unterhielt sich gern am Esstisch, und da das mit mir etwas mühsam war, las sie vielleicht lieber Zeitung. Denn zusammen am Tisch zu sitzen, das war ihr heilig. Manchmal aß sie noch eine Banane oder eine Birne. Eigentlich aß sie nur abends richtig, wenn sie für uns kochte. An ihrer Stelle würde ich verhungern. Normalerweise fragte sie mich: »Und? Wie war es in der Schule?«, um dann von ihrer Zeitschrift aufzusehen. Normalerweise antwortete ich »Gut«, und dann fragte sie mich nach meinen Freundinnen und so weiter. Heute war es anders. Meine Mutter schwieg.

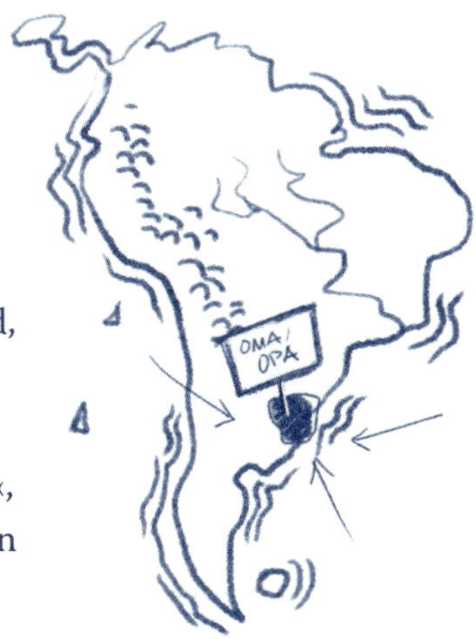

So konnte es nicht weitergehen, dachte ich und fragte: »Und, wie war es heute zu Hause?«

»Gut«, antwortete sie.

»Wie geht es Oma und Opa?«, versuchte ich es. Mit ihren Eltern telefonierte sie fast jeden Tag.

»Keine Ahnung«, sagte sie ohne weitere Erklärung.

»Habt ihr gar nicht miteinander gesprochen?«, hakte ich nach und kam mir plötzlich voll alt vor.

»Doch.«

Ich hatte so viele Fragen im Kopf: Was hat dir Rollo in Warnemünde erzählt? Wie findest du das? Bist du böse auf mich?

Vielleicht hätte ich ihr sogar zu erklären versucht, wie es zu dem Handballtraining gekommen war. Doch offensichtlich wollte meine Mutter nicht mit mir reden, und so aß ich schweigend meine Nudeln mit Ketchup. Nebenbei sah ich auf mein Handy, keine Nachricht. Weder von meinen Freundinnen noch von Jan.

Nach einer Weile sagte meine Mutter: »Übrigens, ein Herr Schmitt hat angerufen und gefragt, ob du morgen zum Training kommen willst. Ich glaube, um 17.30 Uhr.«

Ich zuckte zusammen, mein Handy fiel mir aus der Hand. Als ich es aufheben wollte, stieß ich mir auch noch den Kopf an der Tischplatte.

»Echt?«, fragte ich ungläubig und massierte die Stelle, an der bald eine Beule wachsen würde.

Meine Mutter gab keine Antwort.

Ich stand auf und räumte meinen Teller in die Geschirrspülmaschine.

»Hab ich morgen überhaupt Zeit?«, fragte ich.

»Also, feste Termine hast du dienstags jedenfalls nicht«, sagte meine Mutter mit einem spitzen Unterton.

Ich ging in mein Zimmer und kroch ins Bett.

Später hörte ich Raffa aus der Schule kommen. Er klopfte und kam in mein Zimmer.

»Na, freust du dich?«, fragte er neugierig.

Hatte er schon von dem Anruf gehört?

»Worüber?«

»Na, dass der TSC dich zum Training einlädt. Das ist echt cool! Und du kannst sogar mit dem Board hinfahren – ist direkt neben dem Volkspark.«

Ich setzte mich aufrecht hin.

»Die haben den besten weiblichen Nachwuchs in ganz Berlin«, fuhr er fort. »Musst mal gucken kommen!« Raffa ging in sein Zimmer und deutete mir, ihm zu folgen.

In seinem Zimmer zeigte er auf seinen Laptop, der angeschaltet auf dem Boden stand. »Die haben zwei C-Jugend-Mannschaften. Eine spielt in der Landesliga und eine in der Verbandsliga.«

Ich setzte mich davor. »Und welche trainiert dieser Ansgar?«

»Das steht da nicht«, antwortete Raffa.

Ich scrollte die Website mit den weiblichen Jugendmannschaften hoch und runter. Alles voller Handballerinnen! Doch ich kannte keine von ihnen. Mir wurde mulmig.

»Ich glaube, diese Woche ist es bei mir schlecht. Ich bin noch so kaputt vom Wochenende«, sagte ich und rappelte mich hoch.

Raffa sah mich mit großen Augen an.

Dann ging ich wieder in mein Zimmer und sah aus dem Fenster. Der Himmel war bedeckt, und der Wind wehte durch das hellgrüne Laub der Bäume. Es war mindestens Windstärke drei.

Abends konnte ich nicht einschlafen und wälzte mich hin und her. Ich wusste nur eine Lösung und schrieb Josi.

Ich: Morgen um 17:30 h ist Probetraining bei der C-Jugend vom TSC. Kommst du mit?

Josi: Gerne.

Ich: Gut.

Josi: Was muss man denn mitbringen?

Ich: Sportsachen.

Josi: Kannst du die Regeln?

Ich: Ich schreib dir die wichtigsten auf.

Josi: Das wäre gut.

Ich war kurz davor, zu schreiben, dass ich mich darüber freute, dass sie mitkam, ließ es dann aber doch bleiben.

Als ich am nächsten Tag nach Hause kam, ging ich in mein Zimmer, schloss die Tür hinter mir, nahm mein Handy und wählte Ansgars Nummer. Die konnte ich auswendig.

»Schmitt.«

»Hallo. Ich bringe Josi mit«, sagte ich.

Meine Hand, die den Telefonhörer hielt, zitterte.

»Josi? Kenn ich nicht. Wer ist denn da?«

»Josi ist so 'ne Art Freundin, die hat früher in einem Dorf gewohnt und geht jetzt in meine Klasse.«

Schweigen.

Nach einer Weile fragte Ansgar: »Pepper, bist du das?«

»Ja. Pepa Käßmann.«

»Ist deine Freundin genauso gut wie du?«, fragte Ansgar.

»Da müsste ich sie mal fragen. Soll ich gleich noch mal anrufen? Falls ich sie nicht erreiche, könnte ich ja ihre Mutter fragen, die ist Friseurin und hat bald einen eigenen Laden, direkt hier am Boxi.«

»Auwacka!« Ansgar lachte. »Weißt du was? Bring sie einfach mit. Weißt du, wo du hinmusst?«

Ich überlegte. »Nicht genau. Und Josi erst recht nicht. Aber wir sind öfter im Volkspark. Ich skate nämlich schon viel länger, als ich Handball spiele ...«

»Ruf mich einfach an, wenn ihr es nicht findet, ja?«, unterbrach mich Ansgar.

»Ja«, antwortete ich.

Dann legte ich auf.

Ich war gerade dabei, meine Handballsachen zusammenzusuchen, und am Überlegen, was man bei Mädchenmannschaften möglicherweise beachten musste, da bekam ich eine Nachricht:

Unbekannt: Wollte dir nur viel Spaß bei deinem ersten Training wünschen. Die steckst du alle in die Tasche! Nick

Woher hatte Nick denn meine Nummer?! Ich setzte mich aufs Bett und dachte nach. Er könnte sie von vielen Leuten bekommen haben. Das Ganze konnte aber auch ein Trick sein! Ein Trick von so einem Psycho, der das Netz nach jungen Handballerinnen abfischt, ihnen dann auflauert und sie tötet. Das hatte ich schon mal in einem Film gesehen. Schnell löschte ich die Nummer.

Nachdem ich meine Tasche fertig gepackt hatte, dachte ich, wenn die Nachricht doch von Nick gewesen war, fände ich das

wirklich nett von ihm. Warum hatte ich die Nummer nur gelöscht?!

Als Raffa später nach Hause kam, fragte ich ihn, ob er Nick meine Handynummer gegeben hatte.

»Wozu das denn?!«, fragte Raffa ärgerlich. »Was geht denn hier ab? Hat er dir etwa geschrieben?!«

»Nein«, sagte ich.

Was regte der sich plötzlich so auf?

»Also, von mir kriegst du seine Nummer nicht!«

»Jetzt reg dich mal ab, Raffa!«

Ich nahm meine Handballtasche und mein Pennyboard und schloss die Tür hinter mir.

Dachte Raffa etwa, ich sei verliebt?! Ich hatte keine Ahnung, wie sich verliebt sein anfühlte, daran hatte mein Freund Jan bisher auch nichts ändern können. Man sagte ja, dass es irgendwie im Bauch kribbeln sollte. Kribbeln tat es bei mir nur beim Handball. Vielleicht fühlt sich verliebt sein wie ein perfekter Drehsprungwurf an, dachte ich. Auf den man sich schon vorher, währenddessen und über den man sich auch nachher noch freut, wenn man abends im Bett liegt. Weshalb man dann nicht einschlafen kann, weil man nur noch diesen Drehsprungwurf im Kopf hat.

KAPITEL 15

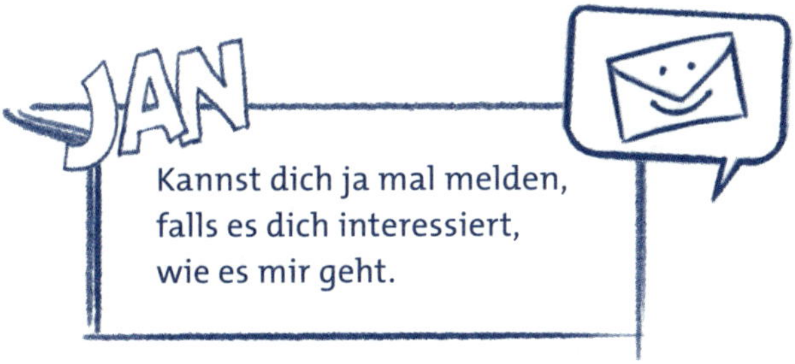

Josi und ich kamen fast zu spät. An jeder Straße stieg sie ab, sah nach links, rechts und wieder links, bevor sie ihr Fahrrad rüberschob. Und von Josi, die in der Krossener Straße wohnte, bis zur TSC-Halle hinterm Volkspark war es relativ weit. Allein wäre ich bestimmt doppelt so schnell gewesen. Als wir endlich ab der Warschauer Straße auf dem Fahrradweg fuhren, klingelte sie jedes Mal beim Überholen und rief dann über die Schulter den Überholten »Danke schön, vielen Dank!« zu.

Ich fuhr vor und tat so, als gehörten wir nicht zusammen. Vielleicht gab es in Golzow nicht viel Verkehr oder nur hochgefährliche Schnellstraßen ohne Fahrradwege.

Als wir die Tür zum Eingangsbereich öffneten, wartete Ansgar schon auf uns.

»Na, habt ihr ja doch noch jefunden, wa?«

Ich nickte.

Josi trat einen Schritt auf ihn zu, hielt ihm die Hand hin und sagte: »Josefine Becker. Schön, Sie kennenzulernen.«

Er schüttelte ihre Hand.

»Schön haben Sie es hier«, fuhr sie fort und sah sich um.

In dem Bereich, in dem wir standen, ging es zu den Umkleidekabinen und Toiletten. Er hatte den üblichen Charme von Sporteinrichtungen und strahlte Funktionalität aus. Es roch nach Hallenboden und beißendem Toilettenreiniger.

In der Halle sah man schon einige Mädchen beim Warmlaufen. Unentschlossen trat Josi in Richtung der Halle, warf einen Blick hinein und winkte den Vorbeilaufenden zu.

»Sie haben hier wirklich schöne Lichtverhältnisse«, sagte Josi.

Ansgar und ich sahen uns fragend an.

»Vielleicht zieht ihr beeden Knallköppe euch erst mal um und kommt dann inne Halle.« Dabei blickte Ansgar vorwurfsvoll auf Josis Füße, die mit ihren Stiefeletten die Sporthalle betreten hatte.

Ich nickte und zog Josi in die Umkleide.

»Das hast du ja schon mal prima hingekriegt!«, stöhnte ich. »Jetzt denkt der, wir sind wegen der Lichtverhältnisse hier!«

»Aber in der Halle ist es sicher auch bei schlechtem Wetter hell.«

Auf welche Ideen Josi immer kam!

»Schön, Sie kennenzulernen!«, äffte ich sie nach.

»Ich wollte nur höflich sein«, sagte Josi verunsichert.

»Ist ja schon gut. Warst du ja auch. Zieh dich lieber schnell um.«

Als ich fertig angezogen war, drehte ich mich zu Josi um. Sie trug rote, mit Pailletten besetzte Shorts und dazu ein vor dem Bauch geknotetes T-Shirt mit der Aufschrift »I love Handball«. Außerdem Leinenturnschuhe, und auf ihre Fingernägel waren kleine Bälle aufgeklebt. Sie sah aus wie ein Cheerleader.

»Habe ich selbst gemacht«, sagte sie stolz und deutete auf ihr T-Shirt.

»Hast du noch andere Schuhe mit?«, fragte ich sie.

»Nur meine Stiefeletten.«

»Welche Größe hast du?«, fragte ich.

»39.«

»Ich habe noch welche in 40 mit. Probier die mal an.« Ich reichte Josi meine Schuhe.

Es klopfte an der Kabinentür.

»Seid ihr so weit?«, hörte man Ansgar rufen.

»Ja«, antwortete ich. »Wir kommen.«

Josi schlüpfte in mein Paar Joggingschuhe, ich hielt ihr die Tür auf und folgte ihr in die Sporthalle.

Ansgar rief die Truppe zusammen.

»Ick hatte euch jeschrieben, dass wir heute Besuch bekommen. Die beiden Mädels hier sind zum Probetraining da. Stellt euch mal vor.« Das Letzte sagte er in unsere Richtung.

Die Mädchen sahen uns erwartungsvoll an. Ich fühlte mich von oben bis unten gemustert. Am Ende blieben ihre Blicke an Josis Glitzershorts und an ihrem selbst gemachten Knotenshirt hängen.

Zum Glück ergriff Josi das Wort: »Hallo. Ich heiße Josefine Becker, ihr könnt aber auch Josi zu mir sagen. Wie schön, dass ihr uns mitspielen lasst. Es war gar nicht so leicht, herzukommen …«

»Pepa!«, rief ich und deutete mit beiden Daumen auf meine Brust, bevor Josi uns noch weiter blamierte. »Pepa Käßmann.«

Ansgar klatschte in die Hände und rief: »So, Freunde! Nu wird uffjewärmt. Alle loofen zehn Runden mit Prellen. In jeder Runde wird die Hand jewechselt. Ran an de Buletten!« Er pfiff auf seiner Trillerpfeife und zeigte mit der Hand die Laufrichtung an.

Er warf Josi seinen Ball zu, die das gar nicht mitbekam. Ich schnappte ihn, gab ihr den Ball und lief los. Nach der ersten Runde holte ich Josi ein. Sie lief gar nicht, sondern versuchte immer noch zu prellen, wobei sie sich immer wieder irritiert ihre Hände ansah. Wahrscheinlich war Patte an dem Ball.

Ich stoppte. »Willst du lieber meinen Ball haben – der klebt nicht so?«

Wir tauschten Bälle, doch als ich sie zum zweiten Mal überholte, klappte das mit dem Prellen immer noch nicht.

»Lauf doch erst einmal ohne Ball«, schlug ich ihr vor.

Beim dritten Mal machte sie merkwürdige Hüpfsprünge! Ein anderes Mädchen mit langen, blonden Haaren und ich stoppten.

»Hast du dich verletzt?«, fragte das Mädchen. »Ich bin übrigens Lia.«

»Oh, hallo, Lia. Nein, danke. Bei mir ist alles in Ordnung. Ich versuche bloß, nicht auf die Linien zu treten. Das ist schließlich verboten.«

»Josi, das brauchst du nicht!«, raunte ich ihr zu. Wir hätten vorher noch mal die Regeln durchgehen sollen. »Nur im Spiel musst du auf die Linien achten!«

»Ach so«, sagte sie und lächelte erleichtert.

Bald danach bot Ansgar ihr an, das Training heute erst einmal von der Bank aus anzugucken. Josi nahm das dankend an und winkte mir vom Rand aus zu. Ihr war gar nichts peinlich.

Ich gab alles. Doch als wir uns später einen Partner suchen sollten, sah ich schnell auf den Boden. So etwas hasste ich! Vielleicht würde mich ja diese Lia fragen. Die schien okay zu sein. Doch als ich mich schließlich umsah, hatten alle außer mir einen Spielpartner gefunden.

Ansgar kam auf mich zu. »Komm, wir machen das heute zusammen. Vor Jungs haste schließlich keene Muffe, wa?«

»Nein«, sagte ich und musste lachen.

»Na, jeht doch!«, sagte Ansgar. »Aus dir wird noch mal 'ne richtje Spaßkanone.«

Dann donnerte er mir den Ball so doll entgegen, dass ich ihn gerade noch zu fassen kriegte.

Nach ein paar Übungen fragte Ansgar: »Sag mal, Pepper, wir machen nachher noch ein kleines Spielchen. Welche Position willste?«

Was sollte ich darauf sagen?! Ich hatte noch nie auf einer festen Position gespielt! Musste so etwas nicht der Trainer entscheiden? Für den Rückraum war ich relativ klein. Im Kreis war ich ganz gut. Aber als Rechtsaußen war ich auch nicht schlecht. Außerdem konnte ich dabei schnell zum Gegenstoß zurückrennen. Das könnte ich allerdings auch vom Kreis aus …

»Allet paletti bei dir?«, fragte Ansgar.

»Rechtsaußen«, sagte ich.

»Dit is doch mal ’ne klare Ansage. So lieb ick dit.«

Ansgar pfiff auf seiner Pfeife und rief: »So, die Damen, trinkt noch mal wat. Wir machen ein Spielchen.«

Die anderen Mädchen spielten mich nicht sehr oft an, trotzdem gelangen mir ein paar ganz gute Würfe. Nach einem Tor kam Lia sogar zum Abklatschen zu mir. Auch wenn ich neu war und die anderen noch nicht gut kannte, flutschte das Zusammenspiel.

Am Ende sollten noch einmal alle zusammenkommen. Die anderen fingen an zu quatschen, warfen mir Blicke zu, und ich stand einfach nur dumm da. Ich fühlte mich plötzlich allein. Mittendrin und trotzdem ziemlich allein. Panik stieg in mir auf, und ich sah Hilfe suchend zur Bank, doch Josi war nirgends zu sehen.

In diesem Moment hörte ich leise neben mir: »Ich bin hier, Pepa.« Es war Josi, die sich neben mich gestellt hatte!

Dafür hätte ich sie umarmen können! Sofort war die Panik weg.

Am Schluss bat Ansgar uns beide, noch zu bleiben.

»Ick will nicht lang drum rum reden, Josi. Dit war nischt.«

Josi sagte: »Finde ich auch. War aber einen Versuch wert. Sie haben echt ’ne nette Mannschaft!«

Ansgar sagte: »Super, dasste das sportlich siehst. So jemanden wie dich kann eigentlich jede Mannschaft jut jebrauchen. Vielleicht kann ick da noch was für dich bei den Anfängern drehen.«

»Ist schon gut«, sagte Josi und winkte ab.

»Und unsere Spaßkanone Pepper hier …«, sagte Ansgar und wandte sich an mich. »Dich würde ich gerne in unser Team einladen. Wenn du Lust hast, können wir auch andere Positionen ausprobieren.«

Ich war geschockt. Nicht wegen der Positionen, sondern darüber, dass Ansgar Josi nicht haben wollte! Ich spürte, wie meine Oberlippe zu zittern anfing. Ohne Josi würde ich das Ganze nicht überstehen!

»Aber in Josis Dorf war der Handballsport noch nicht so weit!«, rief ich. »Wahrscheinlich gab es dort noch nicht einmal eine Sporthalle! Die hatten da quasi gar nichts! Wo hätte Josi denn üben sollen?« Meine Stimme war schrill geworden.

Josi blickte auf ihre Hände. Als sie die Nägel mit den Ballaufklebern entdeckte, kreuzte sie die Arme blitzschnell hinter ihrem Rücken.

Ansgar sah mich sprachlos an.

»Vielleicht kann ich die Mannschaft als Fan unterstützen?«, schlug Josi vor.

Ansgar blickte zwischen Josi und mir hin und her.

»Wie jetzt – beim Training?!«, fragte er.

»Genau. Beim Training und bei den Spielen«, sagte Josi.

Er holte tief Luft und ging einige Schritte von uns weg. Dann drehte er sich um und fragte mich: »Kommst du dann wieder?«

Als ich nickte, sagte er: »Jebongt. Wir trainieren dreimal pro Woche. Dann sehen wir uns also Donnerstag wieder.«

»Prima!« Josi strahlte.

Dann nahm sie meine Hand und zog mich zur Umkleide.

Die Rückfahrt fühlte sich gut an.

»Soll ich dich beim Friseurladen von deiner Mutter absetzen?«, fragte ich Josi.

»Nee«, wehrte sie schnell ab. »Weißt du … da ist es staubig, und die arbeiten bestimmt gerade. Ich geh nach Hause.« Sie zwinkerte mit den Augen.

»Kein Grund, nervös zu werden. Ich bring dich schon nach Hause.«

Anscheinend kam die Aufregung vom Handballtraining verspätet bei ihr an.

Vor ihrer Tür sagte ich: »Danke, Josi, dass du mitgekommen bist. Das hat mir voll geholfen.«

»Gern«, sagte sie.

»Tut mir leid, dass du erst mal nur Fan bist.«

»Ach, das ist völlig okay«, murmelte sie. Sie fummelte an den Bällen auf ihren Fingernägeln. »Ehrlich gesagt hatte ich mir das schon gedacht. Weißt du, Greta hat mir gestern einen ihrer Tests geschickt: *Welcher Sporttyp bist du?*«

»Und? Was kam dabei heraus?«, fragte ich.

»Jedenfalls kein Handball. Für mich wäre ein Sport gut, bei dem es nicht ums Gewinnen geht …«

»Verstehe«, sagte ich, obwohl ich es nicht verstand. Sport ohne Gewinnen machte keinen Spaß.

»Ehrlich gesagt, habe ich auch schon mal gedacht, dass Handball nicht so ideal für dich ist«, äußerte ich vorsichtig.

Sie nickte und durchsuchte ihre Ponchotaschen.

»Aber ich glaube, ohne deine Unterstützung beim Frühstück in Warnemünde hätte meine Mutter später ganz anders reagiert. Das war voll groß von dir. Das wollte ich dir noch sagen.«

»Ach, Quatsch.« Josi war rot geworden. Sie fragte: »Habt ihr euch denn ausgesprochen?«

»Wer?«

»Na, du und deine Mutter. Wegen ihres Gesprächs mit Rollo.«

Erstaunt sah ich sie an. »Hast du mitbekommen, worüber die beiden geredet haben?«

»Ich stand genau daneben. Rollo hat ihr erzählt, wie gut du schon im Training gewesen bist. Sie hat erst nicht verstanden, was er meinte. Dann hat es sie eiskalt erwischt.« Josi nahm eine Haarsträhne in die Hand und wickelte sie um ihren Mittelfinger. »Sie hat sogar geweint«, sagte sie leise.

»Echt?«

»Ja, und dabei hat sie immer wieder gesagt: ›Wieso hat sie mir das nie erzählt?‹«

»Aber sie hört mir ja nie zu!«, protestierte ich so laut, dass Josi zusammenzuckte.

Sie kramte in ihrer Fransentasche und zog ihren Schlüssel heraus. Nach einer Weile sagte sie: »Ich hab schon 'ne coole Idee für die Fans.«

Einen Moment lang konnte ich ihr nicht folgen.

»Ich nähe Schweißbänder für alle!«, fuhr sie fort. »Mal gucken, wie ich die hinkriege. Hast du irgendwelche Farbwünsche?«

Ich muss wohl ziemlich verdattert ausgesehen haben. »Ich meine, für die Schweißbänder?«, erklärte Josi.

»Du willst wirklich Fan werden?!«, fragte ich.

»Bin ich doch schon«, sagte sie und schloss die Tür auf. Dann drehte sie sich noch mal um und sagte: »Tschüssi. Hat voll Spaß gemacht.«

»Finde ich auch«, sagte ich.

WELCHER SPORTTYP

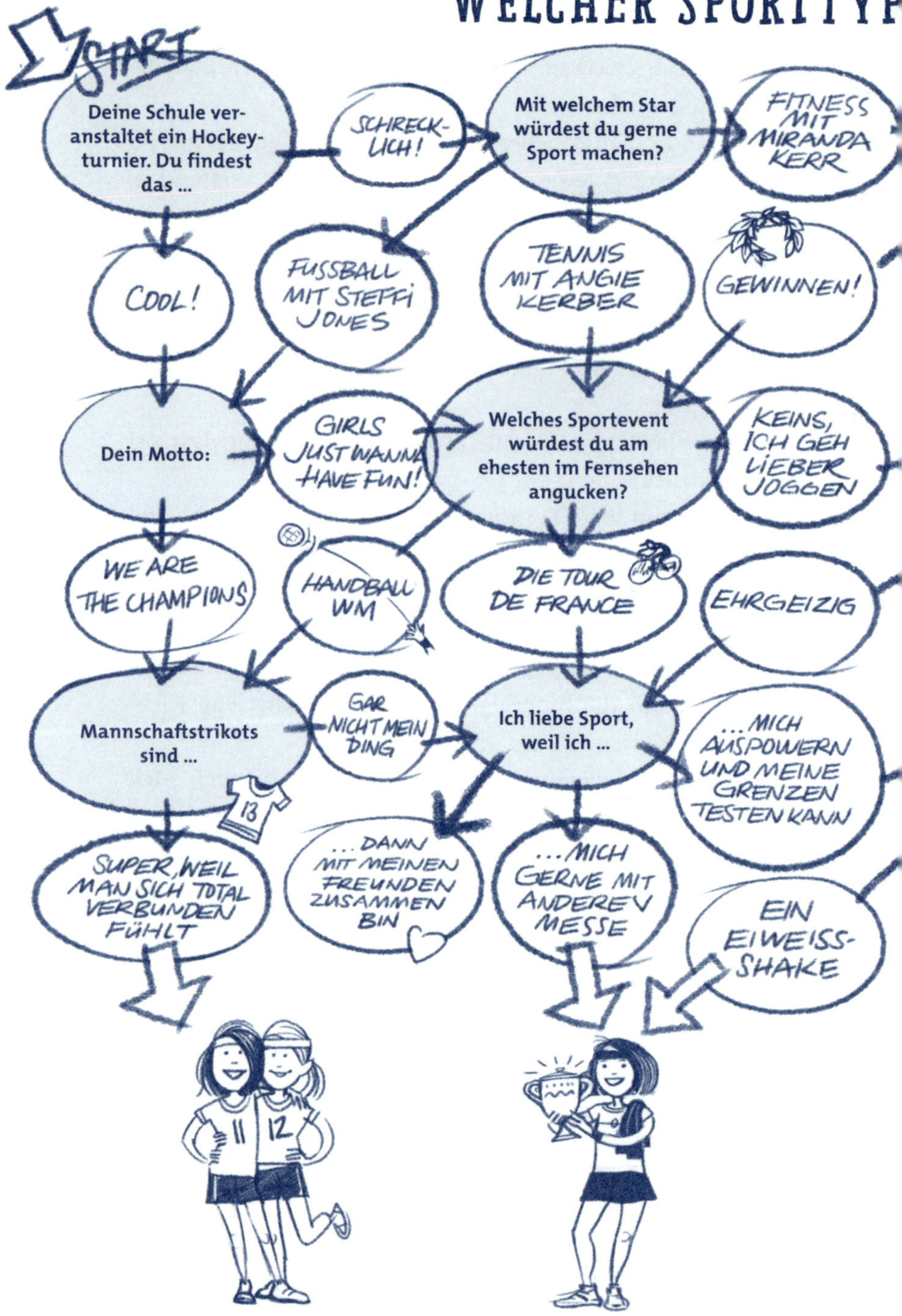

DIE TEAMPLAYERIN

DIE EINZELKÄMPFERIN

BIST DU?

DIE FITNESS-QUEEN

DIE FUN-SPORTLERIN

Auswertung auf S. 201

KAPITEL 16

Als ich unsere Tür aufschloss, roch es nach Empanadas. Die meiner Mutter schmeckten wirklich am allerbesten. Sie machte sie mit extra viel Speck und Oliven. Anstatt wie sonst meine Sporttasche im Flur einfach auf den Boden fallen und dort liegen zu lassen, ging ich heute gleich zu unserem Abstellraum, um sie dort zu verstauen.

So geht es nicht weiter!, dachte ich. Ich musste mit meiner Mutter sprechen – nur wie? Ich lehnte am Türrahmen, als ich im obersten Regal bei den Verkleidungskisten, wir hatten fünf davon!, eine rote Tüte hervorblitzen sah. War das etwa *die* Tüte? Die Tüte, die meine Mutter mir aus der Stadt mitgebracht hatte und in die auch nur hineinzusehen ich mich geweigert hatte?

Ich schob den kleinen Hocker vor das Regal, langte nach der Tüte und versteckte sie unter meiner Trainingsjacke. Schnell stellte ich den Hocker zurück und ging schnurstracks in mein Zimmer. Meinen Schreibtischstuhl schob ich von innen vor die Zimmertür.

Erst hier zog ich mir Schuhe und Jacke aus, legte dann die Tüte auf den Teppich vor meinem Bett und setzte mich davor in den Schneidersitz.

Je länger ich die Tüte ansah, desto neugieriger wurde ich. Wie hatte ich es bloß so lange aushalten können, nicht hineinzusehen? Was hatte mir meine Mutter wohl gekauft? Vielleicht war es ja gar kein Kostüm für den Karneval? Konnte doch sein, dass sie mir eine Sporthose oder ein T-Shirt mitgebracht hatte. Vielleicht hatte ich meine Mutter völlig falsch eingeschätzt?

Es klopfte!

»Pepa?« Das war mein Vater.

»Nein«, rief ich. »Ich zieh mich gerade um!« Stimmte ja fast. »Was ist denn?«

»Das Essen ist gleich fertig«, sagte er.

»Ich komme sofort! Fangt ruhig schon mal ohne mich an.«

Ich horchte. Als er gegangen war, nahm ich mir die Tüte und sah hinein. Zartes Rosa – oh Gott! Ein Albtraum wird wahr, dachte ich. Augen zu und durch! Ich kippte den Inhalt der Tüte auf meinen Teppich. Dann nahm ich das rosafarbene Etwas, stand auf und hielt es hoch. Es war ein langes Kleid mit Flügeln hintendran. Auf dem Preisschild, das noch daran hing, stand: Elfe rosé! Hatte meine Mutter wirklich gedacht, dass ich *das* anziehen würde? Dass ich mich als Elfe verkleiden würde?! Das war doch krank. Als ich die vielen Lagen des Rocks durchschüttelte, fiel noch etwas heraus. Zartrosa Nagellack!

Enttäuscht atmete ich aus. Was hatte ich erwartet? Klar war es ein rosa Elfchenkleid. Was sonst?! Wieso sollte sich meine Mutter plötzlich geändert haben und mir eine Sporthose mitbringen? Wieso sollte sie mich auf einmal so nehmen, wie ich war? Wieso hatte ich keine Chance?

Kurz zögerte ich, dann zog ich mich bis auf die Unterwäsche aus und das rosa Kleid an. Ich wollte wenigstens meiner Mutter und diesem Kleid eine Chance geben. Den Reißverschluss auf dem Rücken konnte ich nur zur Hälfte schließen, für den oberen Teil waren meine Arme nicht lang genug. Ich glättete den Rock, öffnete die Tür von meinem Kleiderschrank und sah in den Spiegel an der Innenseite. Komischerweise sah ich wirklich aus wie eine Elfe. Zwar wie eine dunkelhaarige – waren Elfen nicht meistens blond? –, trotzdem saß das Kleid gut. Sehr gut. Ich öffnete meinen Zopf und kämmte mir mit den Fingern die Haare. Gut, mein vom Schweiß verklebtes Gesicht wollte nicht so recht dazu passen, trotzdem sah ich hübsch aus! Wer hätte das gedacht? Nur schade, dass ich mich in Kleidern einfach nicht wohlfühlte. Ich kam mir vor wie eine Katze im Wasser, die so schnell wie möglich wieder rauswollte.

Beim Umdrehen stolperte ich über den langen Rock und trat auf den Saum. Rratsch! – das Kleid hatte einen Riss. Mist! Was nützte das schönste Kleid, wenn man damit nicht gehen konnte?! Zum Glück war der Riss nur klein und konnte sicher schnell wieder genäht werden.

Ich stellte mein Handy auf den Schreibtisch, machte ein Selfie und schickte es an meine Freundinnen. Greta würde sich nicht mehr einkriegen vor Lachen!

Dann schickte ich das Foto auch meiner Mutter. Was sollte schon passieren? Schlimmer konnte es nicht mehr werden, oder? Sicher war sie gerade beim Essen und würde die Nachricht erst später lesen. Den Schreibtischstuhl schob ich wieder an seinen Platz zurück, dann setzte ich mich auf die Bettkante und wartete.

Es dauerte ungefähr fünf Minuten, bis sie kam. Als sie die Tür öffnete, stand ich auf und drehte mich einmal ganz langsam im Kreis. Nach der Drehung sah ich sie an – wir hatten beide Tränen in den Augen.

Ich ging zu ihr, und wir nahmen uns ganz fest in die Arme. Sie strich mir über den Rücken und fragte: »Na, hast du es mal anprobiert, Negrita?«

Mit dem Kopf auf ihrer Schulter nickte ich.

»Wie gefällt es dir denn?«, fragte sie nach einer Weile.

Ich ging zum Spiegel, zuckte mit den Schultern und sagte: »Ich finde, es sitzt sehr gut. Wahrscheinlich würden andere mich richtig hübsch finden.«

Sie setzte sich auf meinen Schreibtischstuhl und spielte mit ihrem Ehering. War sie nervös?

»Aber findest du nicht, dass ich verkleidet aussehe?«, fuhr ich fort. »Ich meine, es ist ein Elfenkleid und dazu auch noch rosa. Mama, glaubst du wirklich, dass ich so zum Karneval gegangen wäre?« Ich wandte mich zu ihr um.

Meine Mutter hörte auf, an ihrem Ring zu drehen. »Warum nicht?«, fragte sie zurück.

»Ach, Mama«, stöhnte ich. »Ich habe das Gefühl, wir verstehen uns immer falsch!«

Ich ging einen Schritt auf sie zu, doch sie rollte mit dem Stuhl ein Stück zurück.

»Wie konntest du mich nur so lange belügen?!«, fragte sie. Meine Mutter stand auf und ging zum Fenster. Den Blick nach draußen gerichtet, schüttelte sie den Kopf.

Ich schluckte. Etwas heiser sagte ich: »Mir blieb doch gar nichts anderes übrig.«

Entrüstet sah sie mich an.

Sie wollte wohl gerade dazu ansetzen, sich zu beschweren, als ich sie unterbrach. »Denn wenn ich etwas anderes möchte als du, nimmst du das nicht ernst! Du hörst mir gar nicht zu!« Meine Stimme brach.

»Klar höre ich dir zu!« Sie kniff die Augenbrauen zusammen.

»Und warum muss ich dann zu diesem Tanzkurs gehen?!« Jetzt schluchzte ich. »Weil *du* denkst, das ist gut für mich! Egal, ob ich will oder nicht! Und warum soll ich zum Karneval gehen? Weil *du* es willst!«

»Aber du bist doch mit Jan zum Karneval gegangen, also wolltest *du* es anscheinend auch«, wandte sie ein.

»Nein! Ich war mit Jan beim Karneval, weil *er* das wollte!« Ich schnappte nach Luft. »Und es war wirklich furchtbar!«, rief ich. »Nie, nie wieder gehe ich dahin!« Aus meinen Tränen wurden Flüsse.

»Ach, Negrita«, sagte sie besänftigend und kam auf mich zu.

Ich schob sie weg. »Nix Negrita!«, sagte ich und ließ mich aufs Bett fallen.

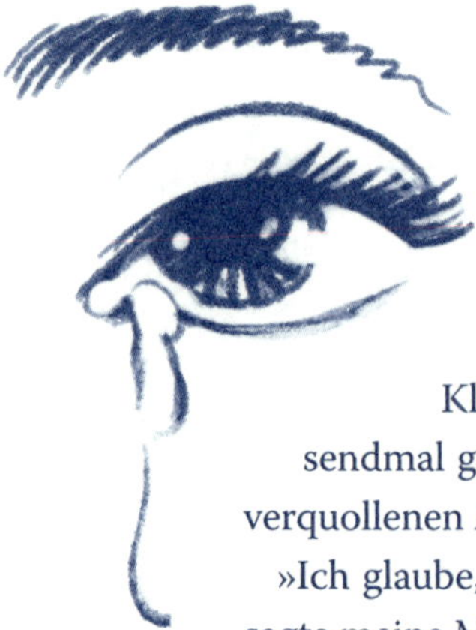

Mein Heulen konnte man bestimmt bis zum Boxi hören.

Irgendwann setzte sich meine Mutter zu mir und streichelte mir den Rücken.

»Und wieso kaufst du mir so ein Kleid?!«, japste ich. »Ich habe dir schon tausendmal gesagt, dass ich so etwas nicht trage!« Aus verquollenen Augen sah ich sie an.

»Ich glaube, ich habe das Kleid nicht *dir* gekauft …«, sagte meine Mutter.

»Nicht?!« Ich suchte nach einem Taschentuch.

»Nein.« Meine Mutter holte eins aus ihrer Hosentasche und gab es mir.

»Sondern?«

»Ich glaube, ich hab's für mich gekauft«, sagte sie leise.

Mit dem Kopfkissen wischte ich mir die Wangen trocken. »Für dich?!«

»Ja, für mich.« Sie machte eine Pause und holte tief Luft. »Ich habe mir zwar irgendwie eingeredet, dass ich es für dich kaufe, aber eigentlich war es wohl für mich.«

»Versteh ich nicht.«

»Ich wollte schon immer so ein Kleid haben, so ein zartes. Als ich so alt war wie du, musste ich immer die Sachen meines großen Bruders auftragen, weißt du?«

»Aber das Kleid passt dir doch gar nicht, oder?«, fragte ich. Ich kapierte es nicht.

»Das stimmt. Insofern habe ich es schon für dich gekauft. Einfach, weil es so schön ist! Ich hätte dich gern in diesem Kleid gesehen.«

Sie zupfte an den Rüschenärmeln, streichelte mir über die nassen Wangen und sah schließlich wieder in Richtung Fenster. Sie schien in Gedanken versunken.

Nach einer Weile rappelte ich mich auf. »Mama?«, fragte ich. »Darf ich denn jetzt beim TSC Handball spielen?«

Meine Mutter schluckte.

»Das Training heute ist ganz gut gelaufen«, fuhr ich fort. »Jedenfalls für mich. Josi wird erst einmal Fan.«

»Du weißt ja, dass ich den Sport ziemlich gefährlich finde«, sagte sie. »Nicht nur für Mädchen, sondern auch für Jungs.«

Ich wusste, was sie meinte. Noch gut hatte ich Nicks Kreuzbandriss in Erinnerung, und Raffas blutige Nase war auch noch nicht lange her.

»Weißt du noch? Schon als kleines Mädchen wolltest du in den Pausen von Raffas Spielen unbedingt auf die Spielfläche laufen und aufs Tor werfen.« Meine Mutter lächelte vor sich hin. Dann wurde sie ernst und schüttelte den Kopf. »Aber wenn Josi nicht mitmacht … Ich weiß nicht, Pepa. In meinen Augen gibt es so viel schönere Sportarten für Mädchen …«

»Mama!«, unterbrach ich sie und setzte mich auf. »Es geht hier nicht um dich! Trag *du* doch Elfenkleider. Geh *du* doch zum Tanzen! Es hat dir doch auch gefallen, wie ich in Warnemünde Handball gespielt habe, oder?«, sagte ich. »Als ich das Tor gemacht habe, hast du dich richtig gefreut!«

Meine Mutter erwiderte: »Aber ich hab mich doch nicht über das Tor gefreut, Negrita! Ich habe mich darüber gefreut, dass du so glücklich warst!« Sie schloss die Augen, gab sich einen Ruck und stand dann von meinem Bett auf. »Aber …«, sie lächelte mich an, »Ich kann ja mal Josi fragen, was man so als Fan machen muss.«

Ich brauchte eine Weile, bis ich verstand. »Heißt das, ich darf zum Handball?!«

»Wenn es dich glücklich macht …«, sagte sie und ging zur Tür, »… und das tut es offensichtlich, dann mach es! Aber Pepa …« Sie sah mir tief in die Augen. »… lüg mich nie wieder an.«

»Okay«, sagte ich und senkte den Blick.

Keine Lügen, dafür Handball! Ich konnte mein Glück kaum fassen.

»Hast du keinen Hunger?«, fragte sie beim Rausgehen.

Ich hatte sogar Riesenhunger!

»Doch!«, sagte ich, stand auf und folgte ihr.

»Na, dann komm. Du brauchst jetzt viel Kraft!« Sie war schon halb in der Küche. Von der anderen Seite des Flurs sah sie mich an und ließ ihren Blick über mein Kleid gleiten.

»Hach, das Kleid ist wunderschön! Aber du hast recht. Es passt nicht zu dir. Zieh es aus, sonst kleckerst du es noch voll. Vielleicht können wir es verschenken.«

Ich hatte schon eine Idee, an wen.

Später bekam ich eine Nachricht von Jan.

Jan: Hoffe, du bist nicht sauer, dass ich in Warnemünde so schnell wegmusste … ☹

Ich: Kein Problem.

Jan: Hast echt super gespielt ☺.

Ich: Danke. Ich muss mit dir reden.

Jan: Wochenende?

Ich: Was machst du morgen Nachmittag?

Jan: Wir trainieren am Wannsee.

Ich: Wann?

Jan: 17:00 bis 18:30h.

Ich: Werde da sein.

Jan: Weißt du noch, wo?

Ich: Ja.

HOW TO BE FAN

VON JOSI B.

Man kann zum Beispiel

- sich Accessoires aus den Vereinsfarben basteln
- bei der Hymne nicht die Töne treffen
- einen Freudentanz einstudieren
- klatschen, kreischen, brüllen
- in der Pause bunte Tüten und Würstchen kaufen
- Freundinnen treffen
- eine Mannschaft haben, ohne selbst schwitzen zu müssen

KAPITEL 17

An der Warschauer Straße stieg ich in die S-Bahn Richtung Wannsee. Romy stand draußen und winkte mir zu. Sie hatte mich zur Haltestelle gebracht, damit ich nicht so lange allein unterwegs war. Vielleicht befürchtete sie auch, dass ich einen Rückzieher machen würde.

Die Fahrt war lang und führte durch ganz Berlin. Komischerweise war ich gar nicht aufgeregt.

Heute in der Schule hatte ich Josi gefragt, ob sie den *Karneval der Kulturen* kenne. Sie hatte verneint. Ich hatte gesagt, falls sie da nächstes Jahr mitmachen würde, hätte ich ein tolles Kleid für sie. Ob ich mit ihr zusammen hinginge, müsste ich aber noch überlegen. Mit Josi war allerdings das erste Training mit den Mädchen weniger schlimm gewesen, und vielleicht wäre der *Karneval der Kulturen* mit ihr auch erträglicher. Mal sehen.

Am Hauptbahnhof hielt die S-Bahn immer am längsten. Als ich aus dem Fenster sah, trug ein Mädchen den gleichen Poncho wie Josi. Sie war es aber nicht, denn das Mädchen hatte einen Schlapphut auf. Den würde ich kennen.

Außerdem war ein dunkelhaariger Typ mit Sonnenbrille bei ihr, der bestimmt schon zwanzig war. Die beiden stiegen auf der anderen Seite ein, während meine Bahn sich wieder in Bewegung setzte. Beim Losfahren meinte ich, kurz einen kleinen geflochtenen Zopf unter dem Hut hervorblitzen zu sehen, doch da war ich schon wieder im Tunnel. Sicher hatte ich mir das nur eingebildet.

Je weiter wir nach Westen fuhren, desto unbekannter kam mir alles vor. Berlin war so riesig. Und es veränderte sich ständig. Auch in Friedrichshain wurden ständig Häuser renoviert und viele neu gebaut. So wie unser Haus vor acht Jahren.

Am Wannsee stieg ich aus. Die Segelschule erkannte ich schon von Weitem. Ich war genau zur richtigen Zeit gekommen, denn die Boote kehrten gerade zurück.

Ich setzte mich auf den Steg. Jan sah mich schon von Weitem und winkte mir vom Boot aus zu. Ich musste mich zwingen, nicht aufzustehen und wegzulaufen – sein Winken konnte ich kaum ertragen! Es hatte etwas von Abschied.

Als Jan auf mich zukam und mich begrüßte, guckte er mich besorgt an.

»Was ist mit deiner Lippe passiert?«, fragte er.

Ich erschrak und fasste mir an den Mund. Meine Lippen fühlten sich nass an. Als ich meine Finger ansah, waren sie rot. Jetzt schmeckte ich ihn auch, den metallenen Geschmack von Blut. Jan wühlte in seiner Gürteltasche und fand ein Taschentuch. Ich presste es auf meine Lippen. Anscheinend hatte ich sie mir blutig gebissen.

Wir gingen ein bisschen am Ufer entlang. Meine Hände behielt ich in den Hosentaschen. Ich schwitzte. Als ich es nicht mehr aushalten konnte, nahm ich einen kleinen Stein vom Weg und warf ihn ins Wasser.

Dann holte ich tief Luft und sagte: »Das wird nichts mit uns.«

Jan blickte auf den See, meinem Stein hinterher.

»Ich weiß nicht genau, wieso, ich weiß nur, dass das nichts wird.« Erstaunlicherweise klang meine Stimme ganz klar. »Ich wollte dir das schon länger sagen, aber …«

»Pepa, ich hab mir das schon gedacht«, unterbrach mich Jan und starrte weiter auf den See.

»Ja? Warum?«, fragte ich.

»Ich hab's einfach gemerkt«, sagte er.

»Und wieso hast du dann nichts gesagt?«

Jan nahm auch einen Stein und warf ihn sehr weit aufs Wasser. Er konnte voll gut werfen.

»Vielleicht hab ich gehofft, das ändert sich noch.« Er suchte nach einem weiteren Stein.

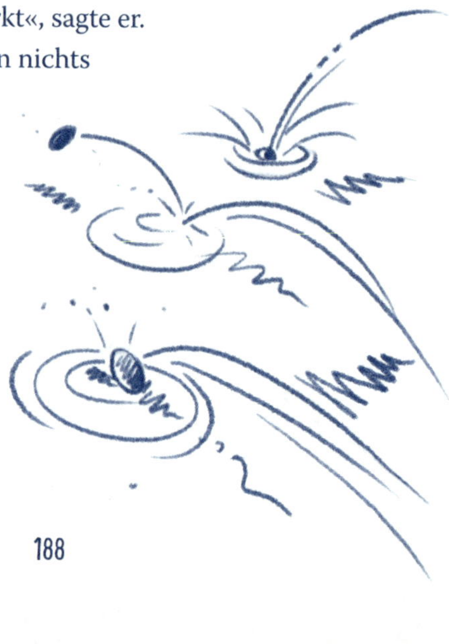

»Hätte ja noch kommen können.« Wieder holte er aus, doch dieser Stein flog nicht weit. »Ich kenn mich nicht so aus mit Mädchen. Du bist meine erste Freundin, weißt du?«

Eine Weile schwiegen wir.

»Pepa ...«, sagte er.

»Jan ...«, sagte ich gleichzeitig.

»Erst du«, meinte er und lächelte, doch seine Augen blieben ernst.

Eine Gruppe Jogger lief an uns vorbei.

»Wollen wir noch ein bisschen weitergehen?«, schlug ich vor.

»Du kannst voll gut werfen«, sagte ich.

»Du auch«, sagte Jan.

Wir gingen noch ein bisschen und setzten uns schließlich auf einen Steg. Ich erzählte vom Handball, Jan vom Segeln. Einmal schaffte ich es, fast so weit zu werfen wie er. Plötzlich fiel es mir ganz leicht, mich mit ihm zu unterhalten. Wenn Jan nicht so traurig geguckt hätte, wäre es fast schön gewesen.

Irgendwann klingelte sein Handy. Es war für mich – Romy. Anscheinend war mein Handy noch in meiner Schultasche. Sie fragte, ob sie mich irgendwo abholen sollte. Das war nett, aber ich verneinte. Lieber wollte ich allein sein.

Auf dem Rückweg zur Bahn sagte Jan: »Du warst eine gute erste Freundin.«

Ich lächelte. Jan war so lieb.

Dann fuhr er fort: »Wenn du doch Lust kriegst und auch noch meine zweite werden willst, melde dich. Okay?«

Statt einer Antwort ging ich auf die Zehenspitzen und gab ihm einen Kuss auf die Wange. Sie war ganz kühl.

»Aber das wird wohl nichts mehr«, sagte er und sah mich fragend an.

Ich schüttelte den Kopf. Jan presste die Lippen aufeinander, blickte zu Boden und nickte. Wehtun tat voll weh.

Wenn man darauf achtete, sah man, wie viele Leute sich auf Bahnhöfen voneinander verabschiedeten. Bis zur Warschauer Straße zählte ich einunddreißig Abschiede.

KAPITEL 18

Ich hatte den Ball fest im Blick. Die gegnerische Mannschaft baute gerade ihren Angriff auf, und ich versuchte, meine Gegenspielerin abzuschirmen. Gleich würden sie den Ball von der anderen Seite zu uns rüberspielen. Und wenn es dann eine Möglichkeit gäbe, den Ball abzufangen, würde ich sie nutzen. Mein ganzes Leben lang wartete ich schon auf diese Chance. Ich ging tiefer in die Knie, um bereit zu sein, um sofort loszulaufen oder loszuspringen. Ich würde mir den Ball holen.

Doch der Ball gelangte gar nicht erst auf meine Seite, denn er wurde beim Torwurf durch unsere Abwehr geblockt. Gut gemacht! Die Gegnerinnen mussten den Angriff neu aufbauen. Deren Trainerin brüllte: »Cara steht!« – vermutlich war das meine Gegenspielerin! Ich musste einfach im entscheidenden Moment schneller sein und fokussierte mich ganz auf den Ball.

Dass der nächste Pass nun nach links außen zu dieser Cara gehen würde, wusste ich wahrscheinlich schon vor ihr selbst. Ich sprang aus den Knien hoch, haute den Ball nach vorn weg und rannte los. Jetzt musste ich ihn nur noch zu fassen und auf den zwanzig Metern bis zum Tor unter Kontrolle kriegen.

Ich hörte nichts. Natürlich nahm ich irgendwelche Geräusche wahr, doch mein Gehirn arbeitete zu schnell, um etwas davon zu verstehen. Vielleicht riefen meine Mitspie-

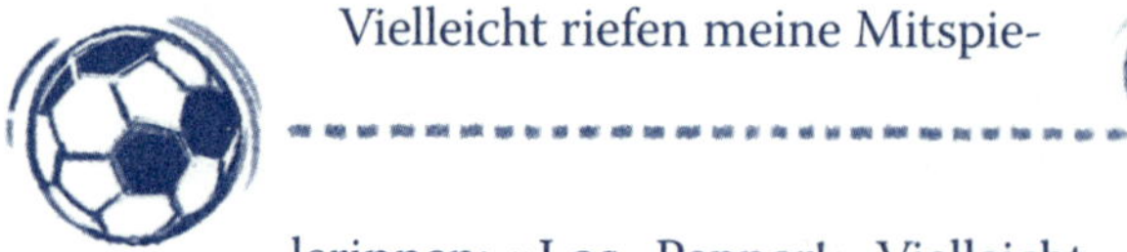

lerinnen: »Los, Pepper!« Vielleicht feuerten mich auch meine Eltern, meine Freundinnen oder Raffa und Nick an. Alle waren sie heute da – bei meinem ersten Punktspiel. Sicherlich rief Nick: »Hau ihn rein!«, wie so oft beim Training mit den Jungs. Welche Geräusche es um mich herum auch gab, ich lief auf einer anderen Frequenz.

Stattdessen schnappte ich mir den Ball und konzentrierte mich darauf, in Richtung Tor zu kommen. Mit großen Schritten und mit rechts prellend schaffte ich es, einen Rhythmus zu finden. Plötzlich roch ich Haarspray von links, dann spürte ich auch Bewegungen. Die Gegnerin kam von links hinter mir und drängte mich nach rechts.

Pepper, sagte ich mir, lass sie rennen. Es wird ihr nichts nützen. Lauf einfach, so schnell du kannst, aber bleib im Rhythmus. Das klappt, das weißt du! Der Ball war zu weich und für meinen Geschmack zu langsam, aber ich hatte noch genug Vorsprung. Ich fühlte mich unglaublich sicher! So, als hätte ich mein Leben lang nichts anderes gemacht.

Dann kam auch noch eine Gegnerin von hinten rechts mit donnernden Schritten näher. Der Boden bebte. Die Kreislinie lag quasi vor mir. Ich spürte einen Luftzug. Gerade als die Gegnerin nach dem Ball greifen wollte, sprang ich ab. Ich war bestimmt noch zwei Fußlängen von der Linie entfernt, doch ich drückte mich nach oben ab, so doll ich konnte. Die Torfrau lief aus dem Tor heraus, riss die Arme hoch, den Blick dabei starr nach vorn gerichtet. Kurz bevor ich meinen höchsten Punkt in der Luft erreichte, warf ich den Ball von meiner rechten in die linke Hand.

Diese Situation hatte ich mit Ansgar im Training geübt. Ansgar hatte gesagt, ich würde damit noch mal unsere Geheimwaffe. Er nannte das den Pepper-Mono-Kempa. Denn mit links konnte ich härter werfen als mit rechts, daher wechselte ich die Wurfhand manchmal erst nach dem Absprung.

Leider hatte ich den höchsten Punkt in der Luft schon hinter mir. Doch Ansgar würde sagen: »Immer schön sachte. Beim Tor nehmt euch Zeit und kiekt der Torfrau in die Augen. Entscheidet aus dem Bauch, und dann erst wird losjeballert, direktemang ins Tor.«

Die Torfrau visierte nun den Ball in meiner linken Hand an. Schon bevor sich der Ball aus meiner Hand löste, wusste ich, dass sie keine Chance hatte. Sie war zu spät und ich einfach zu nah dran. Beim Fallen schloss ich die Augen. Der Ball war an ihrem Körper vorbei ins Tor geknallt.

Von fern hörte ich den Schiri pfeifen. Mein erstes Tor für meine Mannschaft! Ein gurgelnder Laut kam aus meiner Kehle. Plötzlich nahm ich auch wieder die anderen Geräusche um mich herum wahr. Es war wirklich laut. Lia aus meiner Mannschaft zog mich hoch, klatschte mit mir ab, wir liefen zurück. Ich sah

Ansgar, der von der Bank aufgesprungen war und sich zum Publikum gedreht hatte, die Hände hochgerissen vor Freude.

Auf der Tribüne darüber klatschten Romy, Greta und Josi. Sie winkten, am Handgelenk die neuen Schweißbänder, die Josi für das Team und die Fans gemacht hatte.

Auch Raffa und Nick waren aufgesprungen. Nick strahlte mich an und ballte die Fäuste. Daneben hielt mein Vater meine Mutter im Arm, sie pfiff auf ihren Fingern!

Wie sie da oben feierten und sich so sehr mit mir freuten, schossen mir Tränen in die Augen. Nicht, weil ich gerade das supercoolste Tor der Welt gemacht hatte. Sondern weil ich fühlte, dass die da oben wussten, wie glücklich ich gerade war.

Mit dem Glück ist es wie mit den Sonnenstrahlen, dachte ich. Wenn sie einen treffen, fühlt man diese unglaubliche Helligkeit und Wärme. Und wenn man davon noch etwas abgeben kann, dann fühlt man sich selbst wie eine kleine Sonne. Dann ist man voll glücklich.

EPILOG

Greta: Muss ich jetzt auch mit Handball anfangen, damit wir uns mal sehen?

Romy: Soll ich Freitagnachmittag mal vorbeikommen?

Greta: Okay.

Josi: Hallo! Waren gerade beim Handballtraining. Vielleicht kannst du auch Fan werden.

Greta: Mir reichen die Spiele.

Ich: Können Josi und ich auch kommen, Greta?

Greta: Wird das jetzt 'ne Invasion? Dann fang ich lieber schon mal an, aufzuräumen.

Ich: Soll ich dir meine Mutter vorbeischicken?

Greta: Wenn die das Chaos hier sehen würde, dürftest du nie wieder herkommen ...

Josi: Soll ich was mitbringen?

Greta: Musst du wissen.

Die ganze Woche über freute ich mich auf Freitag. Bei Greta war ich schon immer gern. Durch die Zwillinge war immer etwas los. Es war so gemütlich, und es gab immer so viel zu entdecken. Die

Regale standen voll mit Büchern, Kerzen, Taschentüchern und selbst getöpferten Sachen. An den Wänden hingen viele Bilder, und mit den Stühlen war es wie mit den Tellern: Keiner sah aus wie der andere. Bei uns dagegen war es immer voll sauber und aufgeräumt. Das war meiner Mutter sehr wichtig. Sie verstaute alles in unseren Einbauschränken, die von außen so glänzten, dass wir sie häufig als Spiegel benutzten.

Wie immer wurden wir im Treppenhaus von Bono begrüßt. Doch schon bevor wir eintraten, war etwas anders. Ich brauchte einen Moment, um herauszufinden, was es war. Die Fußmatte war ausgetreten, wie immer, und auch das Klingelschild war noch dasselbe.

Als Greta uns in die Wohnung führte, wusste ich plötzlich, was es war. Es war leise – das war der Unterschied! Sonst liefen die Zwillinge herum, machten Hausaufgaben oder stritten sich. Doch die waren nun meistens bei ihrer Mutter, heute waren sie jedenfalls nicht da.

Greta winkte uns zwar schnell durch zu ihrem Zimmer, doch die Veränderung in der Wohnung war trotzdem nicht zu übersehen. Der Flur stand voll mit Taschen und Tüten. Jacken und Schuhe lagen auf dem Boden, und die Kiste mit dem Altpapier quoll über. Als ich im Vorbeigehen kurz in die Küche sah, erschrak ich. Der Küchentisch stand voll mit Resten vom Mittagessen und sogar vom Frühstück. Und in der Spüle stapelte sich das schmutzige Geschirr. Dort, wo immer der alte Küchenschrank gestanden hatte, war die Wand nun weiß und kahl. Schade – der Schrank war so schön gewesen!

»Wo ist denn der Küchenschrank?!«, fragte ich Greta.

»Rate mal«, antwortete Greta und ging weiter in ihr Zimmer.

Auch dort, wo früher die Geschirrspülmaschine gestanden hatte, klaffte nun eine Lücke. Der Boden dort sah dunkel und verklebt aus. Um meinen Kopf surrte eine Fruchtfliege. Um sie zu erwischen, schlug ich mir auf die Backe. Greta hatte recht. Meiner Mutter würde es hier nicht gefallen.

Zum Glück sah Gretas Zimmer noch ganz vertraut aus. Ihr Hochbett über der Tür hatte ihr Vater gebaut. Die Gitarre stand an ihrem Platz, und Gretas Poster und Schallplatten hingen auch noch an den Wänden.

Es lief Musik, die ich nicht kannte. Auch das war wie immer.

Ich ließ mich neben Josi auf das Sofa plumpsen. Von dort hatte ich einen guten Blick auf Gretas Schreibtisch und die Fotosammlung darüber. Einige Fotos fehlten. Die Lücken zwischen den Bildern stachen sofort ins Auge.

Unter ihrem Hochbett hatte sie Bänder an der Wand entlang gespannt, an denen sie mit Wäscheklammern sonst Notizen für Songtexte gepinnt hatte. Heute waren sie leer. Sie sprach nicht gern mit uns über die Songs, die sie selber schrieb.

»Ich hol uns mal was zu trinken«, sagte sie und ging mit ihrem Laptop in der Hand nach draußen.

Während Romy und Josi mit Bono spielten, stand ich auf und ging zu Gretas Schreibtisch und dem Bücherstapel darauf. Wahrscheinlich war sie wieder in der Bücherei gewesen. Ich nahm den obersten Wälzer in die Hand, um mir auf der Rückseite den Inhalt durchzulesen, als mir einige Notizzettel entgegen fielen, die Greta offensichtlich zwischen die Bücher gelegt hatte. Ich nahm einen und las ihn mir durch. Dann nahm ich noch einen. Je mehr ich las, desto schneller klopfte mein Herz. Es dauerte eine Weile, bis ich es kapierte. Einen kurzen Augenblick überlegte ich, Romy und Josi dazuzuholen, ließ es aber schließlich bleiben. Ich musste erst einmal nachdenken, verstaute die Zettel schnell wieder zwischen den Büchern und setzte ich mich wieder aufs Sofa. Was hatte das zu bedeuten?

Greta kam wieder zur Tür hinein, setzte das Tablett mit den Getränken ab und schenkte uns ein. Plötzlich hielt sie inne und sah mich an. Hatte ich sie die ganze Zeit angestarrt? Dann blickte sie zu ihrem Bücherstapel und anschließend wieder zu mir. Ich schluckte. Greta hielt mir ein Glas Cola hin, ihre Hand zitterte. Dann nahm ich das Glas, trank einen Schluck und lächelte sie an.

Danksagung

Vier Mädchen, zwei Autorinnen, dazu übergreifende Handlungsstränge – eine solch komplexe Reihe zu schreiben schien mir manchmal unmöglich. Dass es trotzdem gelungen ist, verdanke ich einigen Menschen.

Ich danke Karsten, Lotte und Mimi Schwörer für ihre Unterstützung, Liebe und Geduld.

Ich danke meinem pulsierenden Team, das ständig seine Form veränderte, und in dem doch jeder seinen Teil beigetragen hat. Dabei danke ich Kati Orso, für die Bälle, die wir uns gegenseitig zugespielt haben, und ihre frische Art, an Sachen heranzugehen. Ich danke Katrin Weller, Lea Käßmann und Eva Wansleben für die sensationelle Grundidee dieser Reihe und für ihr Vertrauen in mich. Ich danke Helene Hillebrandt für ihre Plackerei und Nerven. Ich danke Meike Blatzheim, Lena Jahnke, Katharina Vöhringer und Joanna Hegemann für all ihre Kostbarkeiten, die in diesen Band mit eingeflossen sind, und der Patin der Reihe, Britta Sabbag. Durch sie habe ich nicht nur Skypen gelernt, sondern auch richtungsweisende Unterstützung in Sachen Struktur und Strategie erfahren. Ich danke Dir dafür.

Außerdem danke ich Fabi Taubensee für sein uruguayanisches Fingerspitzengefühl, Anja Nordmeyer für ihre Bio-Nachhilfe und Geduld, Achim Rompa für sein Segel-Knowhow. Ich danke Meike Hamann und meiner Mama Sigrid Roche-Rathmann für ihren Rückhalt. Und wieder danke ich Lotte und Karsten, weil sie Pepa das Handballspielen beigebracht haben.

Bist du reif für die Liebe?

10–19 Punkte

Diesen Wirbel um die Liebe kannst du nicht verstehen. Es gibt schließlich sehr viele Dinge, die man auch OHNE Jungs machen kann.

Das ist total in Ordnung – jeder hat sein eigenes Tempo. Für eine Beziehung bist du momentan noch nicht bereit. Aber keine Sorge – irgendwann wirst auch du dich verlieben.

20 Punkte – 29 Punkte

In Sachen Liebe bist du hin und her gerissen. Manchmal träumst du von Jungs und wünschst dir, endlich einen Freund zu haben. Andererseits klingt das auch ganz schön anstrengend für dich.

Lass dir Zeit! Wenn der Richtige vor dir steht, ist dir die Anstrengung egal.

30 Punkte – 40 Punkte

Das Ticket für »Wolke 7« hast du längst gebucht. Du denkst oft an Jungs und hast Sehnsucht nach den ganz großen Gefühlen. Du hast sogar schon eine Idee, welcher Typ zu dir passen könnte.

Trau dich! – du bist reif für eine Beziehung. Halte die Augen offen, denn Mr Right wartet sicher schon auf dich.

… übrigens:

Vielleicht ist bei dir gar kein Platz für *den* Richtigen, sondern für *die* Richtige. Wenn sie vor dir steht, lass sie rein in dein Herz.

☆☆☆ Welcher Sporttyp bist du? ☆☆☆

Die Teamplayerin

Deine Mannschaft ist dein Leben! Ihr könnt euch aufeinander verlassen und geht durch dick und dünn. Gemeinsam seid ihr stark.

Sportarten, die zu dir passen: Handball, Drachenboot, Ultimate-Frisbee …

Die Einzelkämpferin

Erfolg ist genau dein Ding. Du hast dein Ziel vor Augen und kannst dich dazu motivieren, die letzten Kraftreserven aus dir herauszulocken. Für dich gibt es nur einen Weg – den Weg nach oben.

Sportarten, die zu dir passen: Tennis, Schwimmen, Leichtathletik …

Die Fitness-Queen

Du liebst Musik, Ausdauer und Kraft. Wenn du Sport treibst, fühlst du dich wohl. Du achtest auf deinen Körper, und das sieht man dir auch an.

Sportarten, die zu dir passen: Zumba, Pilates, Spinning …

Die Fun-Sportlerin

Action und Abenteuer – wo seid ihr? Wenn du Sport machst, willst du vor allem Spaß haben und dich neuen Herausforderungen stellen. Dein Motto: Alles, bloß keine Langeweile!

Sportarten, die zu dir passen: Kitesurfen, Bouldern, Skaten …

7 FRAGEN AN ARIANE SCHWÖRER

3 Sätze über dich: 1

Ich liebe alles, was sich bewegt: Die Wolken, das Meer, die Jahreszeiten. Ich selbst bewege mich auch gern beim Laufen, Zumba oder Tennis. Meine Familie, meine Freunde und mein Zuhause sind ganz wichtig. Sie geben mir Halt und Freude, je nachdem.

2 Warum Oetinger34?

Oetinger34 ist meine Heimat. Hier habe ich eine Chance bekommen, gelernt, gelernt, gelernt und wundervolle Menschen gefunden.

3 Was ist das Besondere an deinem Text?

Der Text ist kein übliches Chicklit, ab ins Regal, basta. Wenn man dreizehn ist, gibt es eigentlich nur überbordendes Glück oder bitteres Drama, dazwischen wenig. Leben und Tod in Berlin-Friedrichshain? Irgendwie schon. Kann zum Glück sehr lustig sein.

4 Ein Gruß an deine Leser:

Habt ihr Pepa auch schon lieb? Ich mochte Pepa von Anfang an, weil sie nur so sein kann, wie sie ist. Weil sie sich gar nicht verbiegen kann.

5 Handball oder Tanzen?

- [ ] Handball
- [x] Tanzen

6 Ruhe oder Randale?

- [ ] Ruhe
- [x] Randale

7 Kartoffelsuppe oder Grillen?

- [x] Kartoffelsuppe
- [ ] Grillen

7 FRAGEN AN JOANNA HEGEMANN

1 Satz über dich: 1

Frühstücksmuffel und Improvisationstalent mit drei Katern, ein paar Hühnern, der Liebe zu stillen Birkenwäldern und den vergessenen, mythischen Eichenhainen des alten Englands.

2 Warum Oetinger34?

Ein großartiges Forum für Ideen und Chancen sowie netten Kontakten mit ebenso vielen phantasievollen wie begabten Kollegen.

Was ist das Besondere an deinen Bildern? 3

Pepa ist so agil, sportlich, willensstark und manchmal auch zurückhaltend, bedächtig. Ihr südamerikanisches Temperament gibt ihrer Persönlichkeit zusätzliche Würze.

4 Ein Gruß an deine Leser:

Never give up und glaube immer an Dich!

Handball oder Tanzen? 5

○ ⊗

6 Ruhe oder Randale?

⊗ ○

7 Kartoffelsuppe oder Grillen?

⊗ ○

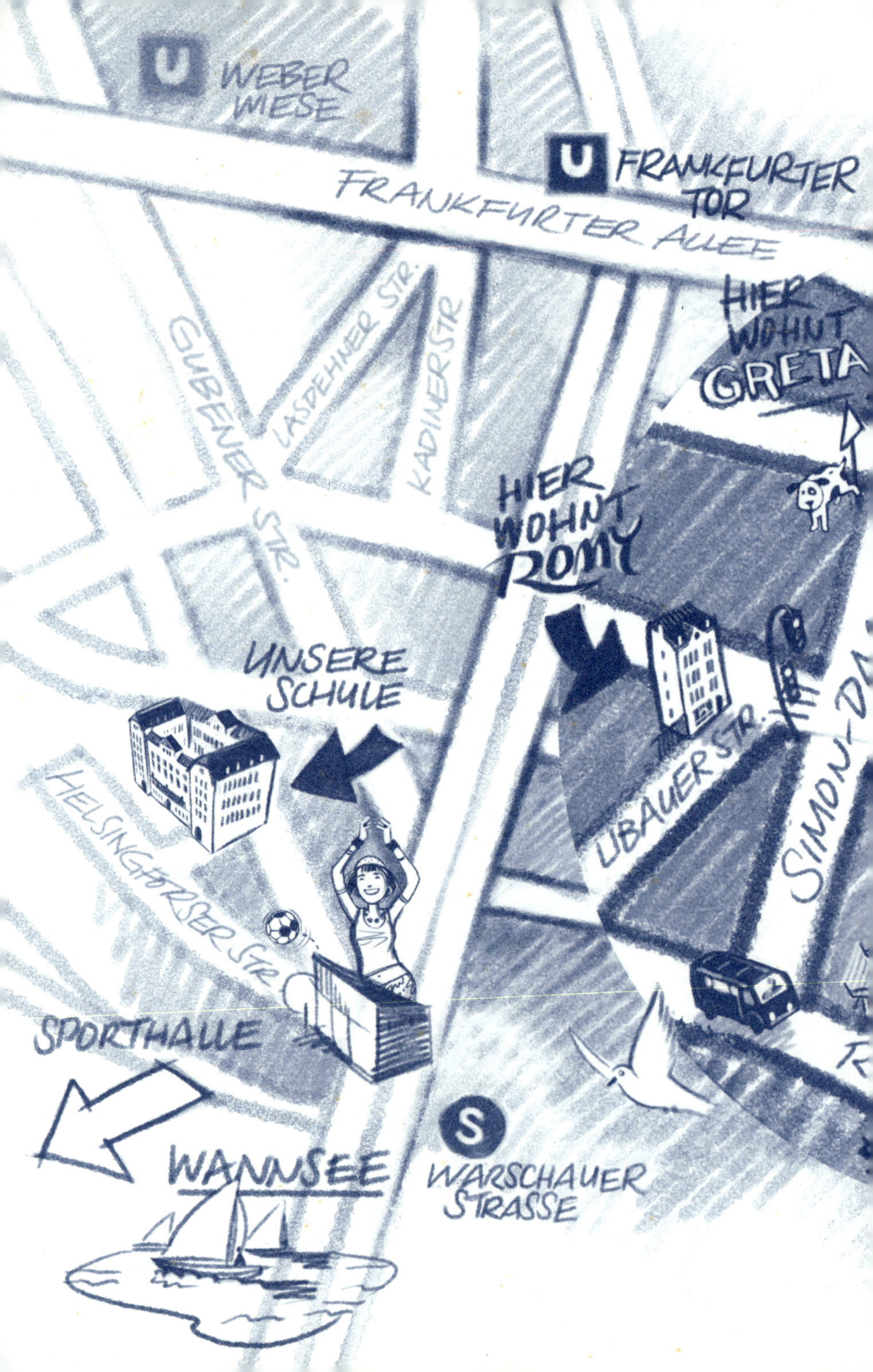

WEBER WIESE
FRANKFURTER TOR
FRANKFURTER ALLEE
HIER WOHNT GRETA
LASDEHNER STR.
KADINER STR.
GUBENER STR.
HIER WOHNT ROMY
UNSERE SCHULE
HELSINGFORSER STR.
LIBAUER STR.
SPORTHALLE
WANNSEE
WARSCHAUER STRASSE